You... and me
Partie 3
« Un hiver tourmenté »

Emilia Adams

YOU... AND ME

Tome 3 :

UN HIVER TOURMENTÉ

Emilia Adams

www.soromance.com

Sommaire

Chapitre 1
« J'pète les plombs »
(Disiz La Peste)

Adrian

« Ne dis rien »

« Ma vie est en danger »

« Ne préviens pas la police »

La peur me comprime les poumons. Je sens la chair de poule qui envahit mon épiderme. Que va-t-il se passer là maintenant ? Est-ce que ce connard va me faire la peau ? Va-t-il faire de moi son souffre-douleur ? Est-ce que je vais m'en sortir ?

J'avale ma salive, déstabilisé. Mes pulsations cardiaques grimpent en flèche. Je ne suis pas de nature à être un grand froussard, mais en ce moment, je crains le pire. J'ai l'impression d'être en plein tournage d'un polar. Un héros prêt à sauver une victime en danger, mais qui est sur le point de se faire buter par un cinglé. Par un putain de bourgeois qui me dévisage d'un œil hostile, une main enfoncée dans la poche de sa parka de luxe. Qu'est-ce qu'il tient dans sa main, bordel ? Un flingue ? Un couteau ?

Dites-moi que c'est simplement un téléphone !

Je serre vivement le poignet de Léa, ce qui lui arrache une plainte douloureuse. Je m'en contrefiche. Elle ne partira pas avec cet abruti. Elle doit fuir, se planquer, s'abriter loin de cet homme malveillant qui veut lui faire vivre un enfer. « Ma vie est en danger » ! Putain ! Qu'il crève ! Quel est son problème ?

— Léa, reviens tout de suite où j'emploie les grands moyens, braille Valens d'une voix grave, le regard menaçant.

Je ressens les battements de mon cœur dans mon cou lorsqu'il s'apprête à sortir la main de sa poche. Combien de temps me reste-t-il à vivre à cet instant ? Quelques minutes ? Quelques secondes ? Est-ce vraiment la fin ? Dois-je mourir de cette façon-là ? Par un sale crétin qui m'a pourri la vie en baisant la femme avec qui je devais me marier dans mon propre pieu ? Putain ! Je n'aurais jamais pensé une chose pareille.

Je vocifère en jetant un regard obscur à Valens :

— Elle n'ira nulle part avec toi, connard ! Dégage de mon studio tout de suite où j'appelle la police !

Il se met à ricaner. À rire comme Arthur Fleck dans le « Joker ». Est-il fou ? Alcoolisé ? Drogué ? Où serait-ce un psychopathe ? Ai-je devant moi le sosie de Joe Goldberg ?

Il avance vers nous, le dos bien droit et le regard toujours aussi agressif. Putain ! Qu'est-ce qu'il me dégoute avec sa tignasse plaquée à l'arrière par du gel. Il me fait penser à un mafieux. Il lui manque juste une moustache pour ressembler à John Dillinger.

Léa se met à sangloter. Je tourne la tête vers elle. Elle est pâle. On dirait qu'elle veut dire quelque chose, car elle entrouvre la bouche. Mais aucun mot n'en sort. Ses lèvres grelotent comme si elle avait froid, me donnant l'impression que la température de la pièce est négative. L'atmosphère est glaciale et je n'ai qu'une hâte : me sauver d'ici et rejoindre Zoé pour qu'elle puisse me réchauffer dans ses bras.

— Je ne t'ai pas parlé, morveux ! Léa va venir avec moi et tu n'as rien à dire.

À mon tour de ricaner amèrement. Il croit que je vais lui obéir ? Ce serait mal me connaître.

— Qu'est-ce que tu comptes faire d'elle ? La battre comme toutes les nanas que tu as sautées ?

Ses iris hagards affrontent les miens. J'ai envie de le dégommer, mais je ne peux pas lâcher Léa. Et elle commence à m'énerver à se débattre, mais je suis bien plus fort qu'elle.

J'enserre son poignet très fort. Pourquoi retournerait-elle avec ce crétin alors qu'elle était venue pour me demander de l'aide ? Non, maintenant qu'elle est là, je vais lui faire éclater la vérité. Et il ne mettra plus ses sales pattes sur elle.

— Qu'est-ce que ça peut te foutre ? Tu ne vis plus avec elle. Léa ne t'appartient pas. Elle est avec moi à présent.

Je bouillonne. L'envie de me battre me guette, mais je me ravise lorsqu'il replace la main dans sa poche. Non, non, non ! Bordel ! Qu'est-ce qu'il cache dans la poche de sa parka ?

— Tu la fermes ou je te bute, me menace-t-il en sortant un flingue.

De la bile me remonte dans la gorge. Je me doutais qu'il détenait une arme. Putain ! Que dois-je faire ? Lâcher Léa dans les griffes de ce salaud ou renoncer à ma vie ?

— Fais ce qu'il te dit, Adrian, couine Léa. Laisse-moi partir. Ça va aller, ne t'inquiète pas.

Je la regarde, incrédule. Comme si j'allais croire une chose pareille ! Ça ne va pas aller du tout, Léa ! Mais bon sang... qu'est-ce qui te prend de te laisser malmener de cette façon par ce connard ?

Je fais non de la tête en serrant davantage son poignet. Elle grimace, les larmes qui ruissellent comme une pluie sauvage sur ses joues.

— Tu me fais mal !

Valens se racle la gorge fortement, ce qui me fait sursauter.

— Elle vient de te dire de la laisser ! Fais ce qu'elle te dit !

— Qu'est-ce que tu comptes faire avec cette arme ? Tu vas t'en servir sur Léa si je la relâche ?

Il m'adresse un sourire sarcastique que je ne me gêne pas de lui rendre. Quel abruti !

— Je suis cruel qu'avec les personnes qui ont pourri ma vie. Léa m'apporte tout ce que je veux. Pourquoi voudrais-je donc m'en débarrasser ?

Il se fout de ma gueule ! Si Léa est venue me voir, ce n'est pas pour que je lui offre des chocolats ou des fleurs. C'est pour que je la protège de lui. Elle est en danger et je la crois maintenant. Je me souviens de la fois où elle avait essayé de dissimuler sa marque violacée sur sa nuque. J'avais déjà des soupçons sur ce crétin.

Léa me jette un regard implorant. Je vais m'en vouloir si je la laisse partir avec lui. Mais, est-ce que je dois renoncer à ma vie alors que je n'ai plus rien à faire de cette nana ? Cette nana qui m'a trompé et qui n'arrête pas de me faire tourner en bourrique avec cette histoire de paternité ? Putain ! Je suis perdu. Je ne sais pas quoi faire. Toutefois, dès que j'observe vers la fenêtre, je sens que la chance vient me trouver. Alicia et Seb s'orientent vers le studio, dans la pénombre éclairée simplement par les lumières de la ville.

— Qu'est-ce que tu regardes comme ça ? aboie Valens en se retournant brusquement.

Il range son flingue dans la poche de sa parka dès qu'il voit mes amis venir dans notre direction. Sans le vouloir, j'ai desserré le poignet de Léa. Il est trop tard pour que je la ramène à moi. Valens lui attrape le bras vigoureusement et lui marmonne quelque chose au creux de son oreille.

— On se barre d'ici, clame-t-il en marchant vers la sortie.

Léa obtempère. Ses jambes fléchissent. Elle manque de tomber quand il l'embarque dans son élan. Mon cœur martèle dans ma poitrine comme de violents coups de marteau. Je suis en train de la laisser filer avec ce cinglé. Mais qu'est-ce que je peux faire ? Elle a l'air d'avoir fait son choix et je n'ai pas envie de me sacrifier alors qu'elle décide elle-même de son destin.

Il tourne la tête dans ma direction et déclare d'un ton acerbe :

— Tu dis un seul mot et c'est ta vie qui en dépendra ainsi que celle de tes amis !

Je n'ai jamais ressenti autant de haine pour quelqu'un. Si seulement je pouvais le réduire en bouillie.

J'ouvre la bouche pour protester, mais c'est à ce moment-là que Seb pousse la porte. Il semble surpris de voir Valens et Léa. Il fronce les sourcils en rivant son regard vers moi puis les laisse passer pour sortir. C'est fini. Léa est partie avec ce crétin et personnellement, je n'ai plus envie de la secourir. J'ai cru que j'allais crever et résultat, elle s'agrippe à lui comme une sangsue. Après tout, qu'elle aille se faire foutre !

— Qu'est-ce qu'ils foutaient ici ? me demande Seb, intrigué.

Dois-je lui dire la vérité ? Putain ! Non ! Je n'ai pas envie qu'il fasse quoi que ce soit à mes potes. Je dois être prudent.

Valens est un mec redoutable et je suis persuadé qu'il ne se gênera pas pour accomplir son vœu. C'est-à-dire : nous faire disparaître. Putain, mais merde ! Je n'arrive toujours pas à comprendre ce qu'il mijote.

— Euh… je n'en sais trop rien, dis-je légèrement embarrassé.

Je passe mes mains dans mes cheveux, complètement nerveux, et me dirige vers le bureau. Je suis mal à l'aise et je n'ai pas envie que Seb le voie, mais il me connaît trop bien. Il se rapproche de moi et soupire avec emphase.

— Tu ne sais pas trop ? Tu te fous de moi ou quoi ? Léa était en train de pleurnicher comme une madeleine. Ne me fais pas croire qu'il ne s'est rien passé, hausse-t-il la voix. Elle ne pleurait pas parce qu'elle a épluché un oignon. Raconte-moi.

Putain ! Non ! N'insiste pas, Seb ! Je ne peux vraiment rien te dire !

Mentir, ou du moins ne pas lui révéler toute la vérité est ma seule solution pour le protéger.

— Oui… tu as raison, Seb ! Elle est venue pour se plaindre, mais qu'est-ce que je peux y faire ? Tu vois bien qu'elle est retournée avec ce con !

Je me suis exprimé bien plus fort que je le voulais. Mes joues sont en feu. Je ferme les paupières quelques secondes pour essayer de libérer cette colère noire qui me ronge. Quand je rouvre les yeux, je me sens toujours irrité et Seb me contemple la mine apeurée. Alicia quant à elle, semble préoccupée par ses fesses. Mais qu'est-ce qu'elle fout à s'inspecter comme ça ?

— Eh bien… tu es vraiment dans un de ces états ! Calme-toi, bon sang !

— Désolé… tu sais comment je suis quand on parle d'eux. Puis le fait d'avoir vu la tronche de cette raclure…

Je laisse ma phrase en suspens, les poings serrés, la mâchoire contractée.

J'ai besoin de prendre l'air et de m'asphyxier les poumons pour me détendre, même si je sais que je devrais ralentir sur ma façon de fumer. Si je continue dans cette lancée, je vais crever à cause de cette saloperie.

— Il est temps que je parte, dis-je d'un timbre plus flegmatique. Zoé va se poser des questions. Je devrais déjà être sur la route. Et d'ailleurs… Que faites-vous ici ? Je pensais que vous deviez aller au restaurant et au casino.

— Euh… ouais. Un petit souci est venu perturber Alicia.

— Un petit souci ? répété-je, interloqué.

Je contemple Alicia qui devient rouge pivoine. Et en un éclair, elle file vers l'étage en s'acharnant sur le bas de sa doudoune noire afin de cacher ses fesses.

J'arque un sourcil en rivant mon regard vers Seb :

— Elle a ses règles au moins ?

Il se met à rire et part à son tour vers les escaliers.

— Comment t'as deviné ?

Ah, mais en plus c'est vrai !

Je hausse les épaules puis extirpe les clefs de ma caisse de la poche intérieure de mon cuir.

— Je n'en sais rien. J'ai peut-être des dons de voyance cachés.

Il ricane tout en escaladant les escaliers.

— Essaie de te détendre un peu, mon pote. Passe une bonne soirée.

Malgré mon humeur morose, j'arrive à lui offrir un minuscule sourire. Je lui fais un signe de main avant d'agripper la poignée de la porte d'entrée.

— Bonne soirée à toi aussi. Amusez-vous bien.

Je lui décoche un coup d'œil avant de sortir.

« Passe une bonne soirée ». Putain ! C'est la soirée la plus catastrophique que j'ai pu passer jusqu'à maintenant. J'ai failli me faire tuer par un cinglé quand même. Je ne sais pas comment je vais réussir à garder mon sang-froid et surtout comment je vais arriver à surmonter tout ça dans les jours à venir. Je ne peux rien dire à mon entourage, mais je ne pourrais pas rester comme ça sans rien faire. Je vais devoir monter ma propre enquête et découvrir tous les secrets que cache Valens. Je trouverai le moyen de les connaître. Je ne peux pas faire comme si rien ne s'était passé. Cet homme est malsain et dangereux. Je ferai en sorte qu'il crève derrière les barreaux.

Ordure !

La première chose que je fais en quittant le studio est d'allumer une clope. Il fait un froid glacial, mais ce n'est pas désagréable comme il fait sec. Je marche lentement sur le macadam qui scintille comme des paillettes argentées en essayant de faire le vide dans ma tête. Cependant, l'image de Valens avec son flingue ressurgit immédiatement devant mes yeux. La panique me reprend de plus belle, me provoquant une énorme boule dans le ventre.

Putain ! Ressaisis-toi, mec ! Il n'est plus là.

Je jette un coup d'œil à droite puis à gauche. La rue est déserte hormis deux matous qui miaulent d'un ton rauque et fort, agitant leur queue comme s'ils allaient s'entretuer. Je passe devant eux puis sors mon téléphone de la poche de mon cuir. Sur l'écran, l'heure m'indique qu'il est déjà 19 h 15. Zoé doit être en stress. Je devrais déjà être chez elle à cette heure-ci.

Je décide de l'appeler. Je tombe directement sur sa messagerie. Bon sang ! J'espère qu'elle va mieux, qu'elle n'est plus malade. Satanée gastro ! Elle s'était réfugiée dans les toilettes en début d'après-midi, se vidant complètement l'estomac. Elle me faisait de la peine.

Je balance ma clope sur le sol et l'écrase avec ma basket avant d'entrer dans ma caisse. Je pousse le chauffage à fond, me frotte les mains pour les radoucir puis mets en route le moteur. Valens et Léa viennent de nouveau hanter ma pensée dès que je m'engage dans la rue. Ils vont me rendre fou.

Je repense à la première fois où j'ai vu ce type. Je savais qu'on ne serait pas amis. Vêtu d'un costume de luxe de couleur beige, cravate rouge pétante, les cheveux plaqués en arrière, un visage lifté, bijoux en or. Un haut-le-cœur m'avait envahi simplement à reluquer ce connard. Ce connard qui ne se gênait pas de mettre la main aux fesses de tout son personnel féminin afin d'essayer d'en faire des distractions dans son lit.

Léa m'avait demandé de passer à l'agence pour signer les papiers concernant l'acte de location de notre futur logement peu de temps après qu'elle avait été embauchée. Valens m'avait dévisagé d'une façon inconvenante en me faisant entrer dans son bureau. En un simple regard, une tension était déjà palpable entre nous. Je détestais la manière dont il parlait avec Léa, très près de son visage, comme s'il allait lui rouler une pelle devant ma gueule. Il avait les pupilles qui brillaient aux éclats dès qu'elle lui parlait. Connard ! Je voulais le massacrer. Quand j'en ai parlé à Léa, elle est tout de suite montée sur ses grands chevaux en prenant sa défense. Selon elle, c'était un mec bienveillant, à l'écoute de son personnel et très sympathique. J'ai laissé tomber, car j'avais une énorme confiance en elle. Mais, j'aurais dû me méfier. Ce mec avait réussi à l'attraper dans ses filets et maintenant, je suis persuadé qu'elle me trompait avant même qu'on emménage ensemble. Pourquoi n'ai-je jamais rien remarqué ? J'ai sûrement vécu deux ans dans le mensonge avec cette nana.

Je gare ma caisse quelques minutes plus tard devant l'appartement de Zoé. Je suis impatient de la voir, de la prendre dans mes bras pour que je m'enivre de sa tendresse, d'entendre sa voix angélique, qu'elle m'enveloppe de sa fragrance. J'ai besoin d'elle.

J'ouvre la porte du hall et grimpe les escaliers à toute vitesse. Légèrement essoufflé, je me dirige dans le salon, mais il n'y a personne.

— Zoé ? Où es-tu ?

Le silence règne. La télévision est éteinte, alors qu'elle est toujours allumée en temps normal. Ça me semble bizarre.

Nœud à la gorge, je cavale d'un pas déterminé jusqu'à sa chambre. Elle est allongée, le ventre à plat sur le matelas, tenant dans une main un papier blanc. Sa nuisette est légèrement remontée, ce qui me donne le droit d'admirer sa petite culotte noire en dentelle, mais je ne m'y attarde pas. Ce qui m'effraie, c'est qu'elle sanglote, la tête inclinée sur un côté. Elle ne semble même pas avoir capté que je viens d'entrer dans sa chambre puisqu'elle ne relève pas le visage.

— Zoé ? Pourquoi pleures-tu ?

Je m'en approche et chope le mot de sa main. Mon cœur rate un battement et mes entrailles se tordent douloureusement dès que j'aperçois les premiers mots.

« Je t'avais prévenue. Ton mec est un GROS CONNARD ! Songe à le quitter avant qu'il te fasse du mal ! »

— Putain ! C'est quoi ça ? hurlé-je en le jetant à terre.

Je retourne Zoé comme une crêpe. Elle a les paupières closes. Ses cils sont imprégnés de larmes, ses joues sont d'un rose poudré et ses lèvres vibrent à une vitesse folle.

— Qui t'a donné ça ? aboyé-je comme un malade.

Je la secoue par les épaules pour qu'elle réagisse. Ses paupières oscillent.

— Ouvre les yeux !

— Arrête, Adrian ! Tu vas me faire vomir ! Je ne suis pas bien. Je viens de faire un malaise.

Un malaise ? Bon sang, je n'étais même pas là quand c'est arrivé !

Un mélange de tristesse et de colère colore ses iris vert émeraude en une teinte noire.

— Laisse-moi seule.

Quoi ? Mais pourquoi ?

Elle repousse violemment mes mains et se lève d'un bond. La voilà partie. Putain ! Mais merde ! Qui a envoyé un tel mot ? Qui l'avait prévenue ? Elle ne m'a jamais dit que quelqu'un l'avait menacée.

J'enfouis une main dans ma chevelure tout en donnant un coup de pied imaginaire devant moi. Je peste quelques grossièretés puis quitte la chambre à mon tour. Je la trouve dans le salon, contemplant la vue depuis la fenêtre, les bras croisés. J'avance vers elle, mais je fais un pas en arrière en découvrant une photo sur le canapé. Putain ! C'est quoi ça ? Je fronce les sourcils en la prenant. Je vais faire un malaise ou plutôt une crise cardiaque. Je crois qu'il va me falloir un défibrillateur pour m'en remettre.

Je m'assieds, complètement offusqué. Je regarde attentivement cette photo. Putain de merde ! Ça ne peut pas être moi. Et cette femme ? Qui est-elle ? On ne voit pas son visage. Juste son corps nu recouvert d'une énorme marque rouge dans la nuque.

Je ricane amèrement tout en me levant et je cherche autour de moi après la caméra cachée. Bien évidemment, je ne suis pas dans une émission télévisée. Mais d'où provient cette photo ? Qui a fait ça ?

Je la fais voltiger en l'air. J'inspire et expire lentement pour essayer de m'apaiser. Ça ne fonctionne pas. Je crois que je vais péter une durite. J'ai failli me faire buter et là je découvre une horreur devant mes yeux. Je n'ai jamais fait une chose pareille. C'est une photo trafiquée, un montage d'un petit malin qui veut me pourrir la vie. Valens ? Léa ? Mais pourquoi feraient-ils ça ? Qu'est-ce que je leur ai fait, nom de Dieu ? Ce que je trouve étonnant sur cette photo, c'est que j'ai l'air paisible, les yeux fermés avec un sourire aux lèvres. Qui a pu nous photographier ? Mais bordel ! Non ! Même ivre, je ne ferais pas un truc aussi abominable. Je serais incapable de faire du mal à une femme.

— Zoé… parle-moi. Je n'aime pas ce silence.

Au lieu de me répondre, elle baisse la tête vers le sol et court jusqu'à sa chambre. Oh, non, non, non, Zoé ! Ne me fais pas ça.

Je la suis. Elle vient de s'enfermer à clef.

— Ouvre, Zoé ! Dis-moi où tu as eu cette satanée photo ! Qui t'a menacée ?

Je tambourine comme un malade sur la porte en hurlant encore et encore son prénom. Ma gorge me brûle. Quelle petite tigresse butée ! Je sais que ça ne sert à rien d'insister.

Elle ne m'ouvrira pas. Elle ne va quand même pas croire à cette supercherie ?

Mon poing s'écrase dans le mur bruyamment. Je grimace par la douleur que je viens de m'infliger.

— Si c'est comme ça... je me casse !

Furieux, je cavale jusqu'à la porte d'entrée et la ferme brusquement derrière moi. Je ne sais pas où je vais aller ni même ce que je vais faire. Le seul refuge que je vois est de noyer ma colère dans l'alcool pour oublier. Je n'ai pas d'autre solution. Elle ne veut pas me parler. Très bien, Zoé ! Ton silence me fait mal et va faire renaître mes vieux démons. Tout sera ta faute et non la mienne.

Chapitre 2
« T'en va pas »
(Elsa)

Zoé

Mon cœur fait un saut acrobatique dans ma poitrine lorsque la porte d'entrée claque.

Je me lève d'un bond, sprinte comme une athlète de haut niveau jusqu'au couloir, mais il est trop tard. Adrian n'est plus ici.

La main tremblante, j'ouvre la porte, dévale cinq marches d'escalier et fouille du regard le hall. Personne.

— Adrian ! Non, reviens... Je t'en prie, excuse-moi, dis-je la voix presque éteinte.

La panique me broie le ventre. Je m'en veux.

— Adrian…

Mon visage ruisselle. Je ne peux plus rien faire. Je viens de tout foutre en l'air.

Je claque la porte derrière moi et trottine jusqu'à la fenêtre du salon. Son Audi n'est pas garée comme à son habitude devant l'immeuble. Mais… où va-t-il aller ? J'ai peur. Peur qu'il fasse une connerie. Peur qu'il noie sa colère dans l'alcool. Peur qu'il ait un accident. Le sol a l'air glissant. Les voitures circulent au ralenti dans la rue.

Je peste quelques grossièretés en prenant mon téléphone sur le canapé. Je l'appelle en retournant vers la fenêtre. Il ne décroche pas. Bon sang ! Il ne va pas me quitter ? Non ! Je ne veux pas qu'il me quitte. Je ne veux plus ressentir ce que j'ai vécu il y a quelques mois. Adrian n'est pas violent. Je m'en veux de ne pas lui avoir répondu, mais j'étais perdue et je ne voulais pas m'emporter contre lui. Parfois je suis impulsive et je sais que j'aurais pu mal m'exprimer, lui dire des choses que j'aurais regrettées. C'est pour ça que j'ai gardé le silence.

Il va revenir. Oui, je suis certaine que dans cinq minutes, il sera là et on pourra en parler calmement.

***

22 h 15

Je n'en peux plus. Je veux ses bras, qu'il m'enlace, qu'il m'embrasse, qu'il me réconforte et surtout qu'il me dise que ce n'est pas lui sur cette photo.

Les minutes défilent lentement dans le silence. Je m'assieds sur le canapé, plongeant mon visage derrière mes genoux repliés. Et je pleure. Je suis fatiguée, mes yeux me brûlent, ma tête devient lourde, mon ventre me fait souffrir.

***

23 h 45

Je piétine dans le salon, le téléphone en main. Je veux qu'il s'allume, voir son prénom s'afficher sur l'écran. Rien. Je vais m'arracher les cheveux.

Une fois de plus, mes pupilles se brouillent de larmes. Je peine à reprendre mon souffle tellement que je sanglote.

Il ne reviendra pas. Dois-je penser que tout est réellement bien fini ?

***

0 h 35

Un rire bizarre retentit dans l'appartement. J'ouvre les paupières, le cœur qui rebondit comme une balle de tennis dans la poitrine.

Je chancelle lorsque je me relève du canapé. Adrian est dans le couloir, un sourire béat sur le visage, les yeux injectés de sang. Il a bu.

Il titube en venant vers moi.

— Bébé… je suis revenu ! braille-t-il en sortant un paquet de cigarettes de la poche de son cuir.

La colère m'immerge petit à petit. Je m'en approche en lui lançant un regard meurtrier et lui arrache la clope de sa bouche.

— On ne fume pas dans mon appart ! Pourquoi es-tu parti ? Pourquoi as-tu bu ?

J'écrase sa clope entre mes doigts et la réduis en cendre, lâchant tout sur le revêtement de sol.

— Tu m'énerves, Adrian !

Je lui assène plusieurs claques sur le bras, totalement furieuse.

— Bébé… arrête… t'es folle !

— Folle ? Tu abuses ! Tu as vu dans quel état tu es ?

— Je n'ai rien fait.

Je lève les yeux au plafond avant de protester :

— Tu m'exaspères ! Tu n'arranges rien à la situation. Je suis malade comme une bête et il faut se farcir ton attitude de mec bourré en plus !

— C'est ton Minou que je vais farcir, poupée.

— Ça ne me fait pas rire, Adrian !

Qu'est-ce que je vais faire de lui ? Tout ce que je voulais, c'est qu'il me prenne dans ses bras, me rassurer, me donner un peu de tendresse. Mais il a tout gâché.

— Où étais-tu ? demandé-je en fronçant les sourcils, les poings sur les hanches.

Il sourit en coin. Je souffle, lasse, découragée. Soirée de merde !

— Bah j'ai bu un coup. J'avais soif.

— Oui… bah j'ai bien vu que tu avais bu un coup. Tu aurais pu répondre à mes appels. J'étais inquiète.

— Bah… peux pas boire et répondre en même temps. C'est trop compliqué.

Il roule des yeux en essayant de retirer son cuir. Je ne sais pas combien de verres il a bus, mais ça ne me plaît pas. Je soupire lorsqu'il berloque de droite à gauche.

— Laisse-moi faire. On ne va pas y passer des heures.

Je le débarrasse de son cuir.

— Pardon, bébé. Je ne referai plus ça. Pardon… je t'aime. Ne me quitte pas, me souffle-t-il d'une voix suave.

Il approche son visage vers le mien, mais je recule.

— Tu ne vas pas partir ? Dis-moi que tu restes. Je n'ai rien fait, moi.

— C'est bon, Adrian. J'ai compris. Allez… viens.

Je lui prends la main, l'amène vers le salon et dépose son cuir sur l'accoudoir du canapé.

— Assieds-toi… à moins que tu aies envie de vomir ? Si c'est le cas, dis-le-moi maintenant, car il est hors de question que je ramasse tes dégâts.

Il sourit bizarrement tout en s'affalant sur le canapé.

— Je n'ai pas envie de vomir, bébé. Je n'ai pas bu comme un trou. Je suis bien… c'est tout.

Je souffle, ce qui l'amène à prendre une moue contrite.

— Tu vas me punir ? Tu ne veux pas que je dorme avec toi ? me demande-t-il en plongeant ses doigts dans ses cheveux.

— Je pense qu'il est préférable que tu te couches ici. On parlera de tout ça demain.

Il frappe sur ses cuisses pour me faire comprendre de venir. Je fais non de la tête.

— Bonne nuit, Adrian.

— Putain… non !

Il se lève d'un bond et encercle mon poignet d'une telle force que je me mets à crier :

— Tu me fais mal ! Lâche-moi si tu ne veux pas recevoir un coup mal placé !

— Tu ne ferais pas ça, bébé. Tu aimes jouer avec ma…

Je le coupe en plaquant ma main libre sur ses lèvres.

— Tais-toi ! Tu sais que je pourrais le faire.

Il dégage ma main et rapproche sa bouche de la mienne. Son haleine alcoolisée mélangée au tabac me fait grimacer.

— Dors avec moi.

— Je t'ai dit non.

— Bah moi j'ai dit si.

Je l'assassine du regard lorsqu'il serre plus fort mon poignet. Je crie, me débats, mais ma faiblesse le laisse gagner. Il trébuche dans le canapé, m'emportant avec lui. Avachie sur son corps de rêve, je suis piégée. Je n'ai plus aucune force pour lutter. Sa tête se retrouve en plein milieu de mes seins.

— Oh, mon cœur… je suis bien là. J'ai envie de toi. Fais-moi oublier ma soirée de merde.

Il lève sa tête, apporte ses mains sur mes joues, mais je les repousse et me lève.

— Ça suffit, Adrian. On doit élucider le mystère de la photo et… je n'ai pas la force d'assouvir tes désirs. Je suis fatiguée et j'ai l'estomac en vrac.

Son regard devient bleu nuit. Il est fâché, mais hors de question que l'on s'emporte après tout ce qui vient de se passer.

Il s'assied correctement et tapote ses doigts nerveusement sur ses cuisses.

— Élucider le mystère de la photo ? répète-t-il sèchement.

— Oui. Je veux savoir…

— Tu ne devrais même pas te poser de questions, me coupe-t-il d'un ton méprisant. Tu devrais avoir confiance en moi. Tu sais que je suis incapable de faire une chose pareille !

Ses narines fument. Il me regarde fixement, totalement furieux.

— Tu crois vraiment que je suis ignoble à ce point ?

Les larmes me menacent. Je tremble.

— Zoé… Dis-moi ?

Je fais non de la tête.

— Non, Adrian… Je sais que tu n'es pas comme ça, mais imagine ma tête lorsque j'ai découvert cette photo.

Il lâche un soupir.

— Je me doute que tu as été choquée. C'est sûrement ce putain de connard de Valens qui est derrière tout ça ! Il veut me pourrir la vie.

Mais qu'est-ce qu'il raconte ? Je ne suis pas certaine que ce soit lui. Et pourquoi s'en prendrait-il à Adrian ? Non, je suis persuadée que c'est Vanessa. Elle m'avait dit mot pour mot à la fête d'Halloween ce qui est écrit sur le papier que je viens de recevoir. Mais ça risquerait de partir en vrille si je lui en parle maintenant. Il va m'en vouloir de ne rien lui avoir dit ce jour-là.

— Je ne vois pas pourquoi il te pourrirait la vie. Écoute… tu devrais dormir un peu. Tu auras les idées plus claires demain. Il se fait tard et je ne tiens plus debout.

Il plisse les yeux et se pince l'arête du nez. Son torse se soulève frénétiquement à la façon dont il respire.

— Je n'arriverai pas à dormir sans ta présence. Reste avec moi. Viens. Je n'ai vraiment pas envie qu'on se fâche.

Il me tend les bras.

— S'il te plait, me supplie-t-il, le regard abattu. J'ai passé une soirée de merde et il n'y a que toi qui peux m'apaiser. J'en ai besoin.

— Je ne pense pas que ce soit une bonne idée.

— J'ai failli crever, Zoé. Putain… tu ne peux pas savoir comment j'ai flippé.

Je prends un air incrédule, hébétée par ce qu'il vient de me dire.

— On parlera de tout ça demain. Tu as besoin de sommeil également.

— Je te jure que c'est vrai, dit-il en retirant ses baskets. Allez… viens. Je veux que tu sois près de moi. Tu m'as manqué.

Il déboutonne sa chemise noire et la jette à terre. J'hésite un instant, mais lorsqu'il s'allonge, le regard insistant, je fonds. Adrian a un charme qui désarme. Mon vilain voyou me fait vibrer de la tête aux pieds. Je dois avouer que j'ai également besoin de me blottir contre lui et trouver la sérénité dans mon corps.

— Tu as gagné. T'es chiant !

Mes paroles le font rire.

Je cède, vaincue, et le rejoins en calant mon dos contre son torse. Il m'enveloppe immédiatement de sa chaleur enivrante tout en embrassant mes cheveux. Cette histoire de photo a été inventée de toute pièce. Je connais Adrian mieux que n'importe qui. Vanessa est jalouse, mais tout lui tombera dessus un jour ou l'autre. On dit toujours que l'on récolte ce que l'on a semé. Tout finit par se payer. Oui… Vanessa va le payer ! Adrian n'a rien fait, je sais qu'il est sincère.

Je ferme les yeux. Mon cœur s'apaise lorsqu'il me murmure :

— Je t'aime, tigresse. Je ne te ferai jamais de mal. C'était ma promesse et j'y tiens toujours.

Oui, je le crois. Pourquoi me ferait-il du mal après tout ?

Je lui chuchote un « je t'aime » également et me laisse emporter dans le pays des songes… ou des cauchemars.

Chapitre 3
« Violent pornography »
« Pornographie violente »
(System of a Down)

Adrian

— Tu dis un seul mot et c'est ta vie qui en dépendra.

— Va te faire foutre, espèce de sale raclure ! C'est toi qui vas crever !

D'un regard noir comme les ténèbres, je me rue sur Valens et fais valdinguer mon poing dans sa mâchoire. Sa tête valse à l'arrière avant qu'il ne trébuche sur le sol. Il va crever, crever, crever. Tout droit aux enfers, sale ordure !

Il m'insulte de ses pires noms d'oiseaux en essayant de se relever. Je ricane amèrement tout en m'abaissant. Qu'il ne croit pas qu'il s'en sortira aussi facilement.

Sans attendre une seule seconde, je lui chope la gorge et la serre très fort. Si fort que sa veine frontale se met à ressortir.

— Tu m'as pourri la vie, à mon tour de pourrir la tienne, lui lâché-je froidement avant de lui cracher à la gueule.

La mâchoire contractée, je lui assène des coups de poing dans les pectoraux sans lâcher sa gorge. Je m'acharne sur lui comme il le mérite. Il ne fera plus souffrir personne. Son voyage est en enfer. Je l'ai souvent rêvé. Et c'est aujourd'hui son jour. Il va disparaître à tout jamais.

Je le frappe encore et encore, mais tout d'un coup, un bruit résonne.

Pan pan…

Je me raidis.

Pan pan...

Je n'ai plus de force. Je tremble. Je souffre. Valens plonge son regard victorieux dans le mien. Du sang. Je vais m'évanouir. Il y en a partout sur mes mains, ma chemise, sur le sol. Je me vide. Il m'a tiré dessus, ce crétin.

Pan pan...

Je m'engouffre dans les ténèbres. Je suis mort.

— Adrian ! Réveille-toi !

J'ouvre les yeux en grand, le cœur qui bat la chamade. Tous mes membres se mettent à trembler. J'ai chaud et la sueur perle sur mon front.

— Adrian…

Cette voix. C'est Zoé. Ma Zoé, ma tigresse. Qu'est-ce qu'elle fout à califourchon sur moi ? Pourquoi me regarde-t-elle, affolée ? Que s'est-il passé ? Je ne suis pas mort ?

— Je… Je… Où suis-je ? demandé-je, perdu.

Je cligne des paupières. Il me faut quelques secondes pour revenir à la réalité. Il fait encore nuit, mais j'arrive à voir ce qui se passe autour de moi, car la lumière de la cuisine est allumée.

Je tapote mon torse puis regarde les paumes de mes mains. Il n'y a pas sang. Je suis en vie. J'ai fait un putain de cauchemar. Bordel ! J'ai cru que c'était réel.

— Tu es avec moi, dans le salon, chuchote-t-elle, la voix qui tremblote.

Putain ! Quelle panique ! Je me voyais déjà mort, être loin de ma tigresse et ne plus pouvoir la serrer dans mes bras. Ce n'est bien sûr pas mon premier cauchemar, mais celui-ci me marquera un moment.

— Approche.

Je lui tends les bras. Elle s'allonge à côté de moi en calant sa tête dans le creux de mon cou puis me caresse lentement la joue du bout des doigts.

— Je veux que tu restes comme ça toute la nuit à côté de moi, Zoé.

Je frotte son bras de haut en bas tout en embrassant fortement son cuir chevelu. Je hume l'effluve qu'elle dégage pour m'apaiser davantage. Ça me fait du bien. J'ai vraiment cru que je ne la reverrai plus jamais. Putain de connard de Valens. Même la nuit, il vient me hanter.

— Tu m'as fait peur, murmure-t-elle. De quoi as-tu rêvé ?

— De Valens. Il m'avait buté.

— Oh ! Mon Dieu !

Son cœur bat aussi follement que le mien.

— Je n'ai rien. Je suis là. Rendors-toi. J'ai juste fait un cauchemar.

Un cauchemar. Nom de Dieu ! Hier soir tout était réel et ça aurait pu m'arriver.

Je lui embrasse le front et j'attends. J'attends de pouvoir me rendormir, mais la nuit sera de courte durée. Un nouveau cauchemar reviendra sûrement me perturber. Pourquoi m'arrive-t-il tout ça tout d'un coup ?

***

J'ai la tête comme une pastèque, lourde et affreusement douloureuse. Pourtant, je n'ai pas bu tant que ça hier.

Quand je suis parti de l'appartement, je me suis rendu au « Hard Rock Café » et je me suis enfilé quatre vodkas. Je me souviens de tout : Valens, le mot, la photographie et Zoé qui semblait être perdue. D'ailleurs où est-elle ? Le salon est plongé dans le silence.

Je me redresse lentement. Waouh ! Il va falloir que je prenne un médoc pour me soulager. Je me sens vaseux, j'ai l'estomac en vrac. La journée va être difficile. Je n'ai littéralement pas fermé les yeux de la nuit parce que j'avais toujours cette image de merde devant mes yeux. Valens avec son flingue. Je crois bien qu'il va occuper mes pensées un long moment.

Je me penche pour ramasser ma chemise puis me hisse sur mes jambes pour sortir du canapé. Je l'enfile tout en me dirigeant vers sa chambre. Stitch est en boule sur son lit, mais Zoé n'est pas ici. Elle est sûrement dans la salle de bains.

— Zoé ? Tu es là ? demandé-je en m'y aventurant.

Elle ouvre la porte de la cabine de douche dès que j'entre. Il fait fort chaud. La manie de Zoé est de prendre des douches bouillantes.

— Tu peux me donner une serviette, s'il te plait ?

J'en attrape une qui est posée sur la machine à laver et la lui tends. Elle a le visage fatigué.

— Tu es déjà debout ? me demande-t-elle en enroulant ses cheveux dans la serviette. Je ne voulais pas te réveiller.

— Tu ne m'as pas réveillé. Quelle heure est-il ?

Je lui donne une seconde serviette.

— Tôt. Il doit être à peine huit heures.

Eh merde ! Je devrais être prêt pour aller au taf.

— Il faut que j'appelle Seb.

— C'est déjà fait.

Je relève un sourcil.

— Je lui ai dit que tu n'étais pas très bien, mais que tu seras au studio cet après-midi.

— T'es un ange. Et toi ? Comment te sens-tu ? Tu n'as plus envie de vomir ?

— Non… ça va… Mais je crois que je vais aller me recoucher avant d'aller au café.

Elle s'essuie et drape la serviette autour son corps.

— Nous avions tous les deux passé une nuit épouvantable. Je n'ai pas arrêté de penser, lui avoué-je en posant une main sur sa hanche. Tu n'es pas obligée d'aller travailler. Si tu veux, j'appelle Julien et je lui dis que tu es toujours malade.

Elle plonge son regard taciturne dans le mien.

— Non… Je dois y aller. Il n'a personne pour me remplacer.

Elle m'esquisse un demi-sourire.

— Écoute… Je suis désolée d'avoir mal agi hier soir, mais j'étais complètement déboussolée. Je sais que ce n'est pas toi, mais…

Je ne lui laisse pas le temps de finir sa phrase. Je joins mes lèvres aux siennes et lui offre un baiser tout en douceur. Ce qu'elle vient de me dire me suffit. « Je sais que ce n'est pas toi ». Elle me fait confiance. C'est tout ce que je voulais entendre.

— Putain… je… je t'aime, bredouillé-je. J'ai cru que je ne te verrais plus. Tu ne peux pas savoir comment j'ai flippé.

Je promène mes mains sur elle. Sur ses côtes, sa poitrine, sa nuque, son visage. J'ai besoin de la toucher pour être sûre que c'est bien la fille que j'aime de toute mon âme qui est devant moi. J'ai l'air ridicule de faire ça, mais putain… j'ai vraiment cru que j'allais crever. Et la seule personne à qui j'ai pensé pendant cet instant horrible, c'est elle. Elle, parce que je l'aime plus que tout, comme un bijou précieux. Elle est un diamant qui fait briller mes yeux et me rend heureux. Quand je suis avec cette fille, je m'évade et je suis moi. J'ai retrouvé ma vraie personnalité depuis que je l'ai rencontrée et je lui en suis tellement reconnaissant pour ça. Que serais-je devenu si je ne l'avais pas rencontrée ?

— Adrian… que fais-tu ?

Elle fronce les sourcils.

— Bah… je te touche.

Elle lève les yeux au ciel.

— Oui… j'ai bien vu que tu me touches. Tu n'as pas l'air d'avoir décuvé.

— Tu dis n'importe quoi. Je n'ai jamais été saoul.

Bon, OK, j'étais bourré, mais un tout petit peu.

Elle clôt les paupières en lâchant un petit soupir. Je ne peux m'empêcher de refermer mes bras autour d'elle et d'enfouir ma tête dans sa nuque. Elle sent divinement bon, l'odeur de mon gel douche.

— J'ai cru qu'il allait me buter, lui chuchoté-je en remontant mon visage vers le sien.

Elle me regarde d'un air perplexe.

— Mais qu'est-ce que tu racontes ? C'était un cauchemar.

— Non… c'était la vérité.

Elle se dégage de mon étreinte, mais je lui attrape la main.

— Je ne t'ai pas tout dit. Viens… je vais t'expliquer.

Une ombre de peur la traverse.

— De quoi, tu ne m'as pas tout dit ?

— Il s'est passé quelque chose au studio avant que j'arrive ici… Quelque chose qui aurait pu être grave.

Je fais un pas pour sortir de cette pièce, mais elle ne bouge pas d'un iota. Elle semble troublée.

— Je n'ai pas envie de parler ici. C'est vraiment important, mais il faut que tu me promettes de ne rien dire.

Elle blêmit puis bredouille :

— Tu… tu m'inquiètes. Que s'est-il passé ?

— C'est un truc de fou. Jamais je ne me serais attendu à une chose pareille. Tu viens ?

Elle acquiesce avec raideur. Je dois tout lui dire au plus vite. Si seulement ce n'était qu'un cauchemar… Malheureusement, tout est vrai et j'ai peur pour nous. Peur qu'il s'en prenne surtout à cette fille qui m'est très chère à mes yeux. Depuis hier soir, je ne me sens plus en sécurité, mais je ferai tout pour la protéger.

Nous nous installons sur le canapé. Je lui chope ses deux mains et les embrasse chacune leur tour. Mon cœur tambourine dans ma poitrine.

— J'ai eu de la visite au studio.

— De la visite ?

J'inspire profondément.

— Oui… Léa.

Ses yeux s'agrandissent. Mon angoisse se démultiplie de savoir que je vais lui raconter toute cette merde. Putain ! Il faut que je me calme, mais mes mains se mettent à trembler comme si j'avais froid. Zoé pose le regard dessus puis me scrute dans le blanc des yeux. La panique s'extériorise dans ses iris émeraude.

— Pourquoi es-tu dans cet état ? Qu'est-ce qu'elle t'a fait ?

Je tente de maîtriser mon angoisse, mais un nœud se forme dans mon estomac. J'ai envie de gerber lorsque le visage de Valens avec son flingue vient me brouiller la vision.

Calme-toi, Adrian ! Tout va bien se passer. Elle va t'écouter !

J'arrive à articuler au bout de quelques secondes :

— Elle voulait que je l'aide, que je la sorte des griffes de son putain de patron.

— Valens ? m'interroge-t-elle, la voix hésitante.

Je hoche la tête.

— Oui… ce morpion ignoble.

Je serre les dents pour ne pas m'énerver, car comme à chaque fois que je parle de ce crétin, ma rage se manifeste.

— Mais qu'est-ce qu'il lui a fait ?

Je ferme les paupières et respire lentement. Quand je les rouvre, j'aperçois Zoé qui plisse le front, faisant ressortir fortement ses traits. Elle attend avec impatience que je lui raconte.

Vas-y, Adrian, plus vite dit et plus vite débarrassé de ce fardeau !

— Léa n'a pas eu le temps de me raconter son histoire, car ce crétin est venu la chercher. Mais là… je crains le pire. Elle est repartie avec lui.

La colère monte en moi. Mon sang bouillonne. J'ai été impuissant face à lui et je regrette de ne pas lui avoir fait la peau. Mais la prochaine fois, je trouverai le moyen de le punir.

— Il avait un flingue.

Zoé émet un énorme cri en apportant sa main devant sa bouche.

— Ce salaud l'a pointé sur moi. Putain ! J'en ai encore la chair de poule.

— Pourquoi ne me l'as-tu pas dit hier soir ? panique-t-elle.

Je ricane amèrement.

— Souviens-toi… j'étais bourré.

— Mais… il faut appeler la police.

— Ce n'est pas si simple. Crois-moi… je l'aurais fait, mais je ne peux pas.

— Mais si que tu peux ! hausse-t-elle la voix. Léa est sûrement en danger et… et toi aussi.

— Si je le dénonce, c'est nous qui serons en danger et je ne veux pas qu'il t'arrive quoi que ce soit.

Je l'étreins fort contre moi et lui caresse le dos. Sa tête repose sur mon épaule. Oh, bon sang, que ça me fait du bien de la sentir si proche de moi.

— Je ne voudrais pas qu'il s'en prenne à toi ou à mes proches. Ce mec est un serpent venimeux.

Je prends son visage en coupe et la regarde intensément :

— Je trouverai le moyen de le coincer sans te mettre en danger. Et je suis sûr que c'est lui qui est à l'origine de cette photo. Il a d'abord baisé la femme avec qui je devais me marier et là, il continue à vouloir me pourrir la vie. Mais je ne sais pas pourquoi il a encore une dent contre moi puisqu'il l'a pour lui maintenant.

Elle fait non de la tête et repousse mes mains. Je la scrute en fronçant les sourcils.

— Je ne suis pas certaine que ce soit lui le destinataire mystérieux de cette photo.

Ce ne peut être que lui. Je ne vois pas qui d'autre ferait une chose aussi abjecte.

— Mais si voyons. Qui voudrais-tu que ce soit d'autre ?

Elle baise la tête et sonde ses longs ongles vernis roses. J'ai l'impression qu'elle me cache quelque chose. Je connais toutes les facettes de cette fille par cœur.

Oh, Zoé ! Que se passe-t-il ?

— Dis-moi.

Elle bredouille d'une voix étranglée :

— Je pense que… c'est Vanessa.

Pourquoi me parle-t-elle de cette nana ?

— Vanessa ? Qu'est-ce que Vanessa viendrait faire là-dedans ?

Elle déglutit difficilement. J'attends qu'elle m'en dise davantage, mais elle ne dit rien. Putain ! Mais qu'elle parle, nom de Dieu ! Je n'aime pas ce silence.

Elle se lève, embarrassée, et finit par avouer d'une voix teintée de regrets :

— Je ne t'ai pas tout dit le jour de la fête d'Halloween chez Guillaume.

Elle devient livide.

— Raconte ! Qu'est-ce que tu as omis de me dire ? Je ne comprends pas pourquoi tu me parles de cette nana.

Elle me tourne le dos.

Oh non, Zoé ! Ça ne va pas se passer comme ça ! Tu vas parler !

Je me lève à mon tour, la fais pivoter et l'oblige à me regarder dans le blanc des yeux tout en prenant son menton dans ma main.

— Ne sois pas silencieuse, ça m'énerve encore plus. Je ne veux pas qu'on se fâche, c'est assez pénible comme ça.

Elle souffle.

— Je sais, Adrian. Je ne veux pas me fâcher non plus, mais depuis hier soir, j'ai l'impression de plonger dans les ténèbres.

Je lâche son menton et recule d'un pas.

— Elle était là à la fête d'Halloween. Enfin… je crois que c'était elle.

— Qu'est-ce qui te fait croire ça ?

Il lui faut quelques secondes pour me révéler :

— Une fille a prononcé mon prénom quand j'étais dans les toilettes et elle m'a mis en garde contre toi.

— Pourquoi ne m'as-tu rien dit ?

— Je… je….

Elle ne dit plus rien.

Je passe ma main dans mes cheveux, totalement nerveux puis me dirige vers la fenêtre. Il pleut à verse. Ce temps est aussi maussade que l'atmosphère qui se dégage dans cet appartement. Mais… je dois rester calme. Je dois me souvenir de cette soirée. Je l'ai rejointe aux toilettes. Elle avait l'air déboussolée. Je fouine, je fouine. Puis d'un coup, tout me revient.

« — Quelque chose ne va pas ?

— Si… ça va.

— Certaine ? Tu sembles ailleurs et perturbée.

— J'ai cru voir quelqu'un que je connaissais, mais je n'en suis pas si sûre. Elle a mentionné mon prénom et elle est partie.

— Comment était-elle ?

— Elle était déguisée en mariée ensanglantée, mais laisse tomber. »

Je me tourne vers elle. Elle vient de retirer la serviette de ses cheveux.

— Je me souviens. Pourquoi m'as-tu caché ça ?

Elle prend un air contrit.

— Je ne voulais pas gâcher la soirée. Je croyais que cette fille était ivre.

Je ferme les yeux en soupirant.

— Ivre ou pas, elle n'avait pas à te dire une chose pareille, Zoé ! Tu aurais dû m'en parler.

Son visage devient tout rouge.

— Je sais… maintenant que j'y repense, je m'en veux. Cette fille m'avait dit la même chose que ce qui est écrit sur le mot.

Mon esprit s'embrouille. Valens, Léa, Vanessa. Je n'y comprends plus rien. Vanessa n'a rien à faire là-dedans. Toutefois, ça ne m'étonnerait pas que cette garce ait voulu se venger de moi. Zoé a sûrement raison. C'est peut-être elle qui est à l'origine de cette photo. Je crois que je vais devenir fou. J'ai l'impression que l'on s'acharne sur mon dos.

— Viens là, lui dis-je en lui faisant signe avec mon index.

Elle s'approche lentement en chiffonnant ses cheveux afin de leur remettre un peu d'ordre. Je l'attire contre moi en passant un bras derrière sa taille.

— Je ne veux plus que tu me caches quoi que ce soit. Regarde où on en est maintenant. Si tu m'avais dit qu'elle t'avait menacée, on aurait sûrement pu découvrir qui était cette nana.

— Je suis désolée. Je ne pensais pas qu'elle aurait continué à me harceler. Je regrette. C'est vrai que j'aurais dû t'en parler. Ne m'en veux pas s'il te plait.

Ses pupilles brillantes me montrent qu'elle est sincère. Elle va pleurer. Putain ! Merde !

— Je ne veux pas que tu pleures. Je veux juste que tu me promettes de tout me dire maintenant. Promis ?

Elle hoche la tête, une larme qui roule sur sa joue.

— Dis-le, Zoé.

— Oui… c'est promis.

— On doit tout se dire. Notre amour est fondé sur la sincérité. Et je veux être sûr d'une chose aussi. Penses-tu que j'aurais fait une telle chose ?

Elle fait non de la tête.

— Tu es incapable de faire ça. Je te fais confiance.

Je la serre contre moi très fort.

— Je t'aime, ma petite tigresse. Je n'ai pas envie de te perdre. On va essayer de trouver qui est derrière tout ça. Où as-tu mis la photo ?

— Sur la table de chevet.

— OK. Je veux la regarder.

Je lui prends la main afin de l'emmener avec moi dans la chambre. Une fois rentré, je lui fais signe de s'asseoir sur le lit. Je repère immédiatement la photo sur la table de chevet. Elle est retournée, accompagnée d'une enveloppe rouge et du putain de mot.

J'attrape la photo et m'assieds à côté d'elle. Un haut-le-cœur m'envahit lorsque je la remets dans le bon sens. Ce cliché est violent et me brûle les yeux. Je vais finir par croire que c'est mon sosie. Malheureusement, je reconnais mon tatouage en forme de tribal sur mon avant-bras. C'est bien moi. Mais comment est-ce possible ? Ça semble tellement vrai. Je ne vois pas un seul signe qui pourrait me faire penser que ce soit un montage, mais ce qui m'intrigue c'est que j'ai l'air paisible. Dommage que l'on ne voie pas le visage de cette gonzesse, ce qui est logique puisque ce doit être elle qui est dans le coup.

Zoé pense que c'est Vanessa. Or, la fille sur la photo n'a pas une aussi grosse poitrine qu'elle. De plus, je me souviens que Vanessa avait un piercing sur son sein gauche, un petit anneau doré. Sur ce cliché, la nana a un corps svelte, son teint est légèrement hâlé et elle ne porte aucun bijou. Sa marque rouge dans la nuque me fait penser à celle qu'a eue Léa. Quelle drôle de coïncidence. Cela dit, je ne vais plus faire de rapprochement avec elle. Il doit s'agir d'une amie de Vanessa. Cette nana a préparé une vengeance, car elle imaginait obtenir plus que des nuits de baise. Elle a dû me droguer. Oui, je ne vois que ça.

— Je vais appeler Guillaume.

Zoé pose sa main sur ma cuisse.

— Pourquoi ?

— Pour lui demander les noms des clients qui étaient présents à la fête d'Halloween.

— Tu es certain de lui révéler tout ça ?

— Non… Je ne vais pas tout lui dire. Je m'abstiendrai de lui parler de la photo et de Valens.

Je caresse sa main et penche ma tête vers la sienne afin de l'embrasser.

— Rendors-toi. Tu as besoin de repos.

Elle acquiesce d'un hochement de tête puis se dirige vers sa garde-robe. Je l'observe. Elle est jolie, ma tigresse. J'ai une chance d'enfer de l'avoir capturée. Je ne me répéterai jamais assez, mais elle est parfaite pour moi.

Je quitte la chambre puis extirpe mon téléphone de la poche de mon cuir. J'appelle Guillaume en allant vers la salle de bains. Je tombe sur son répondeur. Il doit être à son restaurant à cette heure-ci. Je le rappellerai plus tard.

J'ouvre l'armoire à pharmacie, prends un doliprane puis me dirige vers la cuisine pour me servir un verre d'eau.

Après avoir pris mon médoc, j'entre de nouveau dans la chambre. Elle est allongée dans son lit, un drap blanc qui la recouvre jusqu'à sa poitrine.

Je retire mon jean et ma chemise puis la rejoins. Je lui tends immédiatement les bras pour qu'elle se love contre moi. Elle ne porte qu'une culotte. J'aime sentir sa peau chaude contre la mienne, ses seins qui se collent à mon torse et ses cheveux humides qui viennent me chatouiller la nuque. Je suis bien, là, avec elle.

— Je te protégerai tout le temps. Tu ne seras jamais seule.

Mes yeux se ferment. Je dois chasser Valens et cette photo horrible de ma mémoire. Je me vengerai. Je trouverai qui est derrière tout ça et je découvrirai la vérité sur ce que cache ce crétin de bourgeois.

Chapitre 4
« Shout at the devil »
« Crier au diable »
(Mötley Crüe)

Adrian

J'ai déposé Zoé à son travail il y a une heure à mon plus grand regret. Ça m'effraie de la savoir loin de moi. Elle n'est pas en sécurité à 100 %. Je sais que Julien la protège et la surveille dans ses moindres faits et gestes, mais ce n'est pas suffisant pour que mon esprit soit tranquille. Valens pourrait être n'importe où. Il pourrait se rendre à son lieu de travail pour l'enlever, la kidnapper ou encore la séquestrer. Mon imagination m'horripile tellement que ma poitrine s'oppresse, limite à ne plus pouvoir respirer. Je me sens mal.

Oui, je suis mal à cause de cette histoire avec Léa, mais également à cause de cette photo dont je ne connais pas l'origine. Pourquoi s'acharne-t-on comme ça sur moi ? Qu'est-ce que j'ai fait pour mériter cela ? Pourquoi moi ? On ne peut pas me foutre la paix un peu ? Je veux une vie tranquille avec ma petite tigresse sans être dérangé. Je ne demande pas grand-chose pourtant. Mais non. Il faut que l'on vienne m'enquiquiner. Qu'est-ce que ça me gonfle !

Seb est derrière le bureau lorsque j'entre dans le studio. Il lève la tête et me sourit amicalement.

— Salut… tu vas mieux ?

Je lui rends son sourire avant de contourner le bureau puis lui serre la main.

— Ouais… Pas la grande forme, mais ça passera.

— Tu peux prendre congé si tu veux. J'ai regardé le planning et je pense que je pourrais m'en sortir seul.

Je secoue la tête en m'orientant vers mon espace shooting.

— Merci, t'es sympa, mais ça devrait aller.

Je lui décoche un clin d'œil puis entre dans ma pièce personnelle. J'ôte mon cuir et l'accroche au portemanteau. Avant d'allumer les ordinateurs, j'extirpe mon téléphone de la poche intérieure de mon cuir puis appelle Guillaume. Je ne saurai pas rester comme ça tout l'après-midi sans savoir si c'est Vanessa ou pas qui était là à la fête d'Halloween. Il faut que j'éclaircisse cette histoire. Ensuite, je m'occuperai de celle de Valens et Léa.

— Allô ?

— Salut, Guillaume. Tu vas bien ? l'interrogé-je en m'orientant vers mon bureau.

— Ouais… ça va et toi ? Pourquoi m'appelles-tu ?

J'allume les ordinateurs puis jette un coup d'œil à ma déco d'automne que je vais bientôt enlever.

— Euh… écoute. J'ai un service à te demander.

— Ouais, vas-y, je t'écoute.

Je me gratte la tête tout en cherchant mes mots.

— Allô ? T'es toujours là ?

— Euh… oui, oui. Excuse-moi. Eh bien… tu pourrais me dire si une certaine Vanessa était là le jour de la soirée d'Halloween ?

— Vanessa ? Pourquoi ?

Je consulte l'heure sur ma montre. Il est presque 14 h.

— Euh… je t'expliquerai plus tard. Je vais recevoir quelqu'un pour un shooting d'ici une minute à l'autre. Mais si tu peux me le dire assez rapidement, ça m'arrangerait.

— Ouais… je vais regarder. Mais… ne me dis pas que c'est une de tes ex ? Tu ne fais pas le con, j'espère ? Parce que j'adore ma copine, Zoé.

Je lève les yeux au plafond.

— Ne raconte pas de conneries. Je ne fais plus le con depuis que je la connais. Je…

On frappe à la porte. J'aperçois Seb avec une jeune femme aux longs cheveux blonds, vêtue d'un manteau rouge cintré avec une énorme fourrure noire sur la capuche. Une jeune fille qui a à peine la majorité. Elle a de grandes jambes fines sublimées par des escarpins argentés à hauts talons. Elle semble ne pas avoir mis de collant. Pourtant, il caille dehors.

— Je vais te laisser. J'ai une cliente. Envoie-moi un message, s'il te plait.

— OK, ça marche. Salut.

— Salut.

Je range mon téléphone dans la poche arrière de mon jean et m'approche de la cliente pour la saluer. Je lui souris en lui tendant la main.

— Bonjour, je suis Adrian Legrand.

— Lucie Rousseaux, se présente la jeune femme.

— Allez-y… entrez, dis-je en lui faisant signe de la main. Vous pouvez accrocher votre manteau ici (je lui pointe du doigt le portemanteau). Je suis à vous tout de suite.

Elle acquiesce timidement en baissant la tête. Je crois que ça ne va pas être chose facile. Elle ne semble pas à l'aise et les photos risquent d'être un échec si elle se comporte de cette façon.

— Je fignole un album photo, dit Seb. Tu sais où me trouver si ça ne va pas.

— OK, ça marche.

Je ferme la porte derrière moi. Oh ! Bordel ! Mon cœur fait une embardée. Nom de Dieu ! Je suis stupéfait, complètement ébahi. On ne m'avait jamais encore fait une chose pareille. Cette jeune femme que j'imaginais réservée m'offre un spectacle assez surprenant. Je suis même embarrassé de la contempler. Elle est de dos. Sa silhouette est toute fine, frêle, menue. Un petit cul plat qui manque de tonus. Mais… pourquoi s'est-elle mise à poil ? Et… où sont ses vêtements ?

Ne me dites pas qu'elle n'avait rien sous son manteau ?

Je passe ma main dans mes mèches tout en m'orientant vers mon appareil photo sur pied. Je l'allume en jetant un œil rapide dans sa direction. Elle se balance de droite à gauche comme une gamine, les bras croisés sur sa poitrine, toujours le dos tourné. Elle a laissé ses jolis escarpins. Ses cheveux brillants cascadent jusqu'en bas de son échine. J'espère qu'elle ne cherche pas un plan cul, mais je ne pense pas qu'elle soit venue pour ça.

Je me racle la gorge pour briser le silence. Elle se retourne lentement, m'exposant ses minuscules seins et sa chatte toute rasée. En réalité, je trouve la situation assez comique. Je vais vraiment finir par croire que je suis victime d'un canular depuis hier soir.

— Vous savez mademoiselle… je ne fais jamais de portrait de ce genre. (Enfin si, mais seulement avec ma Zoé) Je ne suis pas certain de pouvoir faire cette séance. Pourquoi ne l'avez-vous pas demandé avant de venir ?

Elle lève le visage. Elle a de magnifiques yeux tombants d'un bleu azur qui lui dégage tout un charme. Elle me déstabilise. Je ne sais même plus où poser mon regard. Je vais devoir lui dire de remettre son manteau.

— Je… je voudrais faire quelques photos parce que je voudrais être mannequin.

Elle danse toujours d'un pied sur l'autre. Putain ! Mais quel âge a-t-elle ? Je ne suis pas sûre qu'elle soit majeure.

— Écoutez… vous vous êtes trompée de studio. Je ne suis pas prestataire de ce genre de service. Je suis désolé, mais vous allez devoir…

Je suis interrompu lorsqu'on frappe à la porte. Seb la pousse et ses yeux s'écarquillent immédiatement quand il voit la créature nue.

— Euh… Zo… Zoé est là, lâche-t-il d'une voix légèrement paniquée.

Oh ! Putain ! Merde ! Mais que fiche-t-elle ici ?

Je n'ai pas le temps de dire à cette demoiselle de se rhabiller que Zoé apparaît dans l'embrasure de la porte. Elle est toute blême. Ce n'est pas moi qu'elle observe, mais la jeune fille nue comme un ver. Mais dans quelle situation me suis-je encore fourré ? Putain ! Mais ce n'est pas possible ! La malchance me poursuit en ce moment.

— Euh… on dérange ? lâche-t-elle froidement en me toisant d'un regard de tueuse.

Elle sort aussi vite qu'elle est venue. Merde ! Merde ! Merde ! Qu'est-ce qu'elle va encore s'imaginer, bon sang ?

— Rhabillez-vous ! Je suis désolé, mais je ne peux pas faire cette séance.

Je passe devant elle sans la regarder puis sors de la pièce.

— Mais pourquoi est-elle à poil ? me demande Seb, intrigué.

— Je n'en sais rien. Tu peux t'occuper d'elle ?

Il soupire.

— Allez Seb… tu vois bien que je suis dans une merde pas possible ! Aide-moi !

Il lève les yeux au ciel.

— Il n'y a qu'à toi que ça arrive ce genre de situation. OK, allez… Va rejoindre Zoé.

Il me fait un vague signe de la main pour me faire comprendre de déguerpir.

— Oui… bah je ne pouvais pas deviner qu'elle allait se pointer nue.

Je passe devant lui et repère ma tigresse qui contemple un tableau dans l'accueil, les bras croisés sur sa poitrine. Mon arrivée la fait reculer d'un pas. Elle me regarde, sévère.

— Quand comptais-tu me dire que tes modèles posent nues dans ton studio ?

Elle fronce les sourcils. Là, maintenant, j'ai envie de crier au diable de me foutre la paix. Putain ! Mais quelle merde !

— C'est un malentendu, Zoé. Cette jeune fille pensait que je faisais ce genre de portraits.

Elle soupire avec exagération.

— Mais tu l'as laissée quand même se déshabiller ! dit-elle sèchement.

— Bah disons qu'elle m'a surpris. Je ne m'attendais pas du tout à ce qu'elle soit nue sous son manteau. Et… que viens-tu faire ici ? Ne me dis pas que tu as pris le métro ?

Ma dernière question est montée crescendo. Elle sait que je lui interdis de se balader seule, surtout en ce moment. Elle va me mettre en rogne de me désobéir.

— Si… mais je voulais te voir.

Elle a pris un timbre plus doux.

Je m'en approche. À mon grand soulagement, elle ne recule pas. Mais elle semble embarrassée.

— Julien m'a dit que je pouvais repartir.

Je la ramène à moi et passe une main derrière sa nuque.

— Pourquoi ? Que se passe-t-il ?

— Je ne me sentais pas bien.

— À cause de cette satanée gastro ?

Elle fait non de la tête. OK, on va discuter un peu.

J'embrasse son cuir chevelu et lui désigne un fauteuil.

— Assieds-toi… et explique-moi.

Je m'accroupis en lui prenant les mains lorsque Seb sort de la pièce shooting, accompagné de la jeune fille. Elle affiche toujours cette expression de petite gamine effarouchée. Elle passe devant nous en se renfrognant, la tête baissée vers le sol.

— Drôle d'idée qu'elle avait cette gamine, lâche Seb quand elle quitte le studio.

— Je veux bien te croire. C'est la première fois que je vois ça depuis sept ans de carrière. On aura tout vu.

Seb ricane en se dirigeant vers l'étage.

— Tu veux quelque chose à boire, Zoé ?

— Oui… je veux bien un verre d'eau.

— OK, je te ramène ça tout de suite. Et toi, p'tit con ?

— Rien, merci.

J'approche les mains de Zoé de ma bouche et les embrasse. Elle est moins pâle que lorsque est arrivée, mais je sens que quelque chose la tourmente. Ses pupilles affichent de l'inquiétude.

— Tu vois… je ne t'avais pas menti. J'ai été pris de court. Jamais je ne me serais attendu à voir une gamine nue dans mon studio.

Elle m'esquisse un demi-sourire.

— Pardon, Adrian. Je suis désolée de réagir toujours au quart de tour.

— On oublie. Et… maintenant, dis-moi pourquoi tu es ici.

Je lui attrape le menton et l'embrasse délicatement sur les lèvres pour lui donner le courage de me parler. Sa bouche est glacée. Bon sang, j'ai tellement envie de la réchauffer, mais pas ici. Seul, à deux, quelque part où personne ne nous dérangera.

— Je me suis sentie mal lorsque tu m'as déposée. J'ai cru que j'allais faire une crise d'angoisse.

— Pourtant Julien était avec toi.

J'effleure mes doigts d'une caresse sur sa joue. J'ai envie de la serrer contre moi.

— Je sais… mais c'est différent. Ce n'est pas toi. J'ai peur.

J'ai l'impression que c'est ma faute si elle est dans cet état-là. Pourtant, je sais que je n'y suis pour rien, mais je m'en veux. Je voudrais revoir son magnifique visage qui fait vibrer mon cœur et non la voir si anéantie.

Je la scrute intensément :

— Je voudrais faire plus, être tout le temps avec toi. Tu sais… j'ai eu de gros remords quand je t'ai déposée. Je savais que tu n'étais pas capable de retourner au travail. Et tu aurais dû m'appeler, je serais venu te chercher. Ne prends plus jamais le métro seule, OK ?

Elle acquiesce d'un petit hochement de tête. Seb se pointe devant nous au moment où j'allais poursuivre cette conversation, un verre d'eau dans la main. Il lui tend.

— Tu n'as pas l'air en forme. Toujours à cause de cette gastro ?

Elle fait oui de la tête.

— Tu devrais consulter un docteur. Ne reste pas comme ça.

— Ça va passer, ne t'inquiète pas. De toute façon, il ne me donnera rien. Il va simplement me dire de manger du riz et de m'hydrater.

Seb se retourne vers moi :

— Franchement, vous faites pitié à voir. Vous êtes blancs comme des morts. Rentrez chez vous. Je saurai gérer la journée sans toi, Adrian.

Je me redresse et lui souris à demi. Il a raison. Je ne suis pas d'humeur à travailler aujourd'hui. Je suis complètement ailleurs, perturbé et je risquerais de faire du mauvais boulot.

— Merci, Seb. Je suis désolé. Je pense que ça ira mieux demain.

— Oui… allez, filez ! Je n'ai pas envie de choper votre gastro.

Je tends la main à Zoé pour l'aider à se relever. Seb lui prend son verre vide avant que je l'amène dans la pièce de shooting. Je la lâche pour mettre mon cuir, puis consulte mon téléphone. J'ai reçu un message de Guillaume.

Guillaume:
Vendredi 27 novembre 14 : 26
Il y avait bien une Vanessa ce jour-là, mais je n'ai pas son nom de famille. Bonne journée et à bientôt.

Putain de bordel ! Mais quelle garce ! Pourquoi était-elle là ?

— Eh bien… je pense que tu avais raison. Il y avait bien une Vanessa à cette fête d'Halloween, lui dis-je en rangeant mon téléphone dans la poche intérieure de mon cuir.

Je sors mon paquet de clopes et en glisse une entre mon index et mon majeur.

— Je vais m'occuper de son cas. Je sais où la trouver.

Le bowling. Elle y est peut-être actuellement.

— Je te dépose chez toi et je vais l'interroger.

Je l'attire contre moi et referme mes bras autour d'elle. J'approche ma bouche de la sienne et l'embrasse. Ça m'avait tellement manqué de la câliner. Ce baiser est simple, mais c'est assez pour me sentir mieux.

— Je viens avec toi, me chuchote-t-elle contre mes lèvres.

— Non, tu dois te reposer.

Elle se dégage de mon étreinte, sourcils froncés, les traits sur son front qui ressortent. Je vais devoir accepter qu'elle vienne si je ne veux pas qu'elle se mette en colère. Dans un sens, je serai plus serein de la savoir près de moi.

— Je veux bien que tu viennes, mais après tu te me feras le plaisir de te reposer.

— OK.

Nous sortons de la pièce, main dans la main après plusieurs échanges de baisers. J'insère ma clope entre mes lèvres et fais signe à Seb.

Il est temps de savoir ce que mijote Vanessa. Je vais la remettre vite à sa place et elle va s'en mordre les doigts.

***

— Bébé… on est arrivé.

Je coupe le moteur et secoue l'épaule de Zoé. Elle a somnolé pratiquement tout le long du trajet. Je n'ai pas voulu la réveiller, car je sais qu'elle a besoin de repos et la voir dormir si sereinement me donnait le sourire.

Je lui embrasse la joue et insiste :

— Bébé… réveille-toi. On est devant le bowling.

Elle émerge en clignant des paupières et tourne la tête vers la mienne en faisant une légère grimace avec son nez.

— Tu as bu ? m'interroge-t-elle d'une voix ensommeillée.

— Bu ?

Je hausse un sourcil tout en me détachant. Quel rêve a-t-elle bien pu faire pour me demander cela ?

— Tu ne m'appelles jamais bébé sauf lorsque tu es ivre.

Je lui adresse un petit sourire en coin avant d'approcher ma tête vers la sienne. Je contemple son visage dans les moindres détails : ses petites taches de rousseur dessinées sur son petit nez retroussé, ses yeux verts qui m'ensorcellent à chaque fois que je la regarde, ses petites joues roses et sa bouche pulpeuse qui attend avec impatience la mienne. J'ai le vertige simplement à l'admirer.

— Tu me fais penser à un bébé quand tu dors. Tu es si belle, alors j'avais envie de t'appeler comme ça.

Elle défait sa ceinture et enroule ses bras autour de mon cou. Ses yeux emplis d'amour me font déjà de l'effet. Elle embaume mon cœur de tendresse.

— Je n'aime pas ce surnom, mais il résonne super bien dans ta bouche.

Je lui souris affectueusement tout en suivant le contour de ses lèvres avec mon index.

— Je t'aime. (Je marque une petite pause en la scrutant dans les yeux). Maintenant, il faut y aller. On va essayer d'en savoir plus. J'espère qu'elle nous avouera que c'est bien elle.

Elle approuve d'un hochement de tête.

Je me demande bien comment je vais réussir à lui faire cracher le morceau. Je ne suis même pas certain que ce soit elle, mais les indices laissent à penser qu'elle est l'auteure de cette farce ingrate, rebutante et ignoble.

Je l'embrasse sur le front avant de sortir puis lui enlace les doigts en marchant le long de la rue qui est calme à cette heure-ci. Le vent est frais. Il me glace.

Je prends une profonde inspiration avant d'entrer. Il n'y a pas un chat hormis un serveur qui semble légèrement s'ennuyer. Nous avançons vers le bar, mais malheureusement je ne repère pas Vanessa. J'aurais dû m'en douter.

J'appelle le serveur gringalet aux cheveux blonds à la coupe de Kurt Cobain en lui adressant un signe de main :

— S'il vous plaît…

Il s'approche vers nous, les lèvres qui se tendent pour nous sourire.

— Bonjour, que puis-je pour vous ?

— Bonjour… euh… est-ce que Vanessa est là ? Je dois lui parler.

Il arque un sourcil.

— Vanessa ?

— Oui… Vanessa qui travaille en tant que serveuse dans ce bowling.

— Il n'y a pas de Vanessa ici.

Putain, mais merde ! Il est con ou quoi ? Elle ne passe pourtant pas inaperçue avec son 90 D.

— Écoutez, je ne sais plus son nom de famille, mais je sais qu'elle travaillait ici en tant que serveuse à l'été et j'ai besoin de lui parler.

— Je suis vraiment désolé, je ne peux pas vous aider. Je suis ici seulement depuis un mois et je ne connais pas de Vanessa.

Je crois que je vais péter un plomb. Zoé ressent mon exaspération, car elle me frotte le bras chaleureusement en m'adressant un vague sourire.

Respire, Adrian !

— Est-ce que le gérant est là ?

Il secoue la tête.

— Désolé, il a pris une semaine de vacances.

Je soupire en passant ma main libre dans mes cheveux. J'insiste :

— Et il n'y a que vous ici ? Vous ne pouvez pas demander à un de vos collègues ?

— Euh… si. Attendez deux minutes.

Il disparaît vers une pièce qui se situe vers les toilettes. J'espère que je ne suis pas venu ici pour rien. Premièrement, je n'aime pas perdre mon temps et deuxièmement, je suis crevé. J'ai hâte de rentrer à l'appartement.

Le serveur revient quelques minutes plus tard accompagné d'une jeune femme rondelette, les cheveux bruns attachés en queue de cheval. Elle est petite. Je suis certain qu'elle mesure à peine 1 mètre 50. Elle nous sourit en se pointant devant nous.

— Bonjour, mon collègue m'a dit que vous cherchez Vanessa ?

— Bonjour, oui, c'est bien ça. Pouvez-vous me dire où je pourrais la trouver ?

— Je ne sais pas du tout. Elle a quitté le bowling fin août.

— Et… vous savez où elle habite ?

Elle hausse les épaules.

— Non, désolée. Vanessa et moi n'étions pas très copines.

Ça ne m'étonne pas.

— OK… je suis navré de vous avoir dérangé. Je vous souhaite une bonne journée.

J'émets un long soupir de frustration avant de me diriger vers l'entrée. Alors que j'ouvre la porte, l'employée court vers nous en criant :

— Attendez…

Je me retourne vers elle.

— Vous êtes de sa famille ?

Je fais non de la tête.

— Je préférerais ne jamais l'avoir connu.

Elle ricane amèrement.

— Et moi donc… Elle m'en a fait voir de toutes les couleurs ici. C'est une garce.

— Vous n'avez pas tort.

Elle regarde Zoé en souriant puis me demande :

— Et… sans indiscrétion, pourquoi la recherchez-vous ?

— Parce qu'elle me pourrit la vie. Elle a besoin qu'on lui fasse une petite leçon de morale.

— J'espère que vous la retrouverez. Je vous souhaite bonne chance. Au revoir.

— Au revoir.

Et elle part vers le bar.

Cet endroit était le seul espoir que j'avais pour en savoir plus sur ce que manigance cette fille. Malheureusement, je reviens à la case départ. Je ne connais rien d'elle. Non, tout ce qui m'intéressait c'était sa poitrine de rêve. Je n'ai pas son numéro de téléphone. Quoique…. Je me souviens que je l'avais bloquée. Si je fouine dans mon iPhone, je pourrais peut-être le retrouver.

Nous sortons du bowling. Des petits flocons de neige virevoltent dans l'air. Ils ne tiennent pas au sol, mais nous avons plutôt intérêt à nous dépêcher de rentrer.

J'ouvre la portière du côté passager comme un gentleman pour que Zoé s'installe puis rentre à mon tour, toujours les nerfs à vif. Je fouine dans mon téléphone afin de débloquer son numéro.

— Que fais-tu ? me demande-t-elle en caressant ma cuisse.

— J'essaie de trouver le moyen de la joindre. Je me souviens que j'avais son numéro et que je l'ai bloquée afin qu'elle ne vienne pas me faire chier, lui dis-je en contemplant l'écran de mon téléphone.

Ah ! Le voilà ! Une chance se présente à moi pour enfin connaître la vérité. Maintenant, espérons qu'elle me réponde. J'attends… J'attends. Putain de merde ! Je tombe sur le répondeur. J'ai vraiment la poisse. Cela dit, je décide de lui laisser un message.

— Salut, Vanessa. C'est Adrian, tu te souviens de moi ? On s'est aperçu il y a quelque temps au bowling et tu étais ravie de me voir. Tellement ravie que lorsque tu m'as vu, tu m'as insulté de connard. Enfin, bref… j'aimerais qu'on discute de quelque chose. Toi-même dois savoir de quoi je veux parler. Rappelle-moi quand tu auras du temps libre.

Et je raccroche avec l'envie de frapper furieusement dans mon volant. Toutefois, Zoé trouve le moyen de m'en empêcher en fourrageant une de ses mains dans ma chevelure. Elle a l'air désolée. La seule façon de m'apaiser est de rapprocher son visage vers le mien et de l'embrasser passionnément. Mon cœur bat moins vite lorsqu'elle me rend mon baiser.

— Pourquoi suis-je aussi maudit ? Pourquoi ne sait-on pas qui se cache derrière tout ça ? lui chuchoté-je au bord de ses lèvres.

— La roue tourne toujours, Adrian. On le saura un jour ou l'autre, j'en suis certaine, dit-elle d'une voix enveloppante et douce.

J'espère qu'elle dit vrai et que ce cirque va cesser.

Je l'embrasse avant de m'attacher et de mettre le moteur en route. Tout ce que je veux là maintenant, c'est qu'elle chasse ma colère. Ne plus rien penser et savourer un instant à deux. Oui, juste à deux. J'ai envie de souffler et m'évader là où on ne viendra pas nous faire chier. Dans ses bras, le meilleur des refuges.

Chapitre 5
« Beautiful day »
« Magnifique journée »
(U2)

Zoé

— On a fait du bon boulot, s'exclame Adrian derrière mon dos, en me tenant par la taille.

Ses lèvres frôlent mon cou, ce qui m'arrache un frisson.

— Je vais pouvoir faire de belles photos de toi dans ce décor, susurre-t-il au creux de mon oreille d'une voix charmeuse.

Je souris en me retournant puis passe mes bras derrière sa nuque tout en plongeant mes yeux dans les siens emplis de bonheur. Il ne me lâche pas d'une semelle depuis quatre jours. Il m'offre toute sa tendresse et son amour pour essayer de me faire oublier ce qui s'est passé. Je n'oublie pas, mais mon cœur s'est apaisé. Nous n'avons eu de nouvelles ni de Vanessa ni de Léa et Valens. Est-ce que l'on va pouvoir souffler un peu et mettre toute cette histoire de côté ? C'est ce que j'espère.

— Tu sais que je n'aime pas qu'on me prenne en photo. À moins que…

Je laisse ma phrase en suspens pour joindre ma bouche à la sienne puis je l'ouvre. Nos langues s'entremêlent lentement tandis qu'une de ses mains chemine sur une de mes fesses. Je me retrouve rapidement plaquée contre le mur face à la décoration d'hiver que l'on vient d'installer. Il m'emprisonne de sa haute stature, me surplombant d'une tête, les mains appuyées contre le mur.

— Tu as envie de moi maintenant ? Tu veux qu'on fasse une séance photo comme la dernière fois ?

Une lueur prédatrice s'allume dans ses pupilles. Mon cœur s'affole. Qu'il est beau ! Délicieux dans sa chemise d'un bleu clair comme ses yeux, laissée ouverte, dévoilant ses pectoraux bien dessinés sous un tee-shirt blanc.

J'enfouis mes mains en dessous pour sentir sa peau chaude et je le caresse lentement du bout des doigts.

— J'en crève d'envie. Me perdre en toi. Voyager et ne penser qu'à nous deux. Qu'en penses-tu ?

Sa voix sexy me fait de plus en plus d'effet. Je couine quand il mordille le lobe de mon oreille. Une série de spasmes m'envahit et lorsqu'il empoigne un de mes seins, je voudrais lui crier de me faire planer contre ce mur sans plus attendre. Ce qui m'en empêche, c'est la présence de Seb qui nous contemple, les bras croisés en relevant un sourcil. Oh ! Mon Dieu ! Mon cœur cogne affreusement dans ma poitrine. Je tape sur l'épaule d'Adrian pour qu'il cesse de me peloter et de me lécher avidement le cou.

— Arrête de me frapper ou je fais pareil sur tes jolies fesses.

Je dois être rouge écrevisse. Il continue de me butiner comme s'il devait recueillir tout le nectar que je possède.

— Il est trop tard, Zoé. Tu m'as ouvert l'appétit et puis… (il relève sa tête pour me scruter dans le blanc des yeux) ta petite robe noire me fait trop d'effet. T'es trop canon et je vais te faire jouir là contre ce mur comme la première fois. C'était trop bien. Je bande déjà. Regarde.

Il attrape ma main pour la poser sur son sexe. Bien évidemment, il ne m'a pas menti, car il est au plus haut de sa forme, mais je ne sais plus où me mettre. Seb éclate de rire, ce qui fait sursauter Adrian qui se retourne en lâchant ma main.

— Putain ! Qu'est-ce que tu fous ici ? Tu ne peux frapper avant d'entrer ? s'exclame Adrian d'une voix impétueuse.

— Je te signale que c'est mon studio et puis… cette pièce n'est pas faite pour s'envoyer en l'air.

Adrian grogne en le fusillant du regard.

— Gnagnagna…. Ne me dis pas que tu n'as jamais baisé Alicia ici.

Les pommettes de Seb prennent une magnifique couleur rose. Oh non ! Je ne veux pas m'imaginer une telle chose. L'horreur !

— Oui, bon… changeons de sujet. Je suis venu pour voir si vous aviez bien bossé.

Il se tourne vers la décoration et la contemple. Nous avons passé tout l'après-midi à faire de cet endroit un joli paradis, dans un aspect scandinave. Un poster géant est accroché sur le mur représentant un fond en bois où sont suspendues des étoiles dorées. Sur le sol est posé un tapis blanc comportant de nombreuses boules blanches de toutes formes de taille. Nous avons également mis des petites lumières par-ci, par-là ainsi qu'un sapin dans les mêmes teintes et des cadeaux emballés dans du papier brillant rouge. C'est tout simplement magnifique. Et j'avoue que ça m'a fait du bien de l'aider. Ça m'a changé les idées.

Je ne suis pas retournée au boulot depuis cette horrible histoire qui nous est tombée dessus. Julien m'a offert une semaine de congé et m'a informée par téléphone qu'il m'avait trouvé une remplaçante. Si son essai s'avère concluant, elle sera prise pour prendre ma place lorsque je partirai de son café. Une nouvelle vie m'attend dans un mois. Je serai professeur de danse avec ma sœur. Et je suis heureuse de pouvoir travailler avec elle.

— Alors… on a bien bossé ? demande Adrian en s'approchant de Seb.

Il s'abaisse pour allumer les lumières, ce qui rend l'atmosphère encore plus harmonieuse.

— Eh bien… On voit que Zoé t'a donné un coup de main ! Bravo, Zoé (il tourne la tête vers moi), et… merci. Je vais t'embaucher.

Je lui souris. Adrian se relève et lui émet une claque sur le bras.

— Pourquoi me frappes-tu ?

— Je n'ai pas le droit à un merci, MOI ?

Seb ricane et lui ébouriffe les cheveux. Une petite bagarre amicale se met alors à éclater dans l'enceinte de la pièce, ce qui me fait rire. J'en profite qu'ils sont occupés pour farfouiller dans mon sac à main afin de prendre mon téléphone. Un appel manqué de ma mère. Je la rappelle en m'éloignant des deux gamins qui chahutent bruyamment.

— Allô, maman ? Tu as essayé de me joindre ?

— Oh, chérie…. Je suis heureuse de t'entendre. Je voulais savoir si tu allais mieux.

Je me dirige vers la fenêtre et je m'aperçois qu'il tombe des petits flocons.

— Oui, je vais un peu mieux. Je suis en congé jusqu'à jeudi.

— Tu t'es reposée un peu ? Et qu'est-ce que tu as fait de beau aujourd'hui ?

— Oui, ne t'inquiète je me suis bien reposé. Eh bien, aujourd'hui, j'ai aidé Adrian pour installer la décoration pour ses prochains shootings.

Une main se pose sur ma hanche. Je me retourne en découvrant Adrian. Un sourire charmeur flotte sur son visage. Il m'étreint, mon dos se plaque contre son torse, puis il souffle dans mon cou.

— Arrête, Adrian. Je suis au téléphone avec ma mère, lui chuchoté-je en posant mon doigt sur ma bouche pour lui faire comprendre de ne pas faire de bruit.

Je lui fais les gros yeux, mais il continue.

— J'ai hâte de voir ce jeune homme. Justement, je te téléphonais pour te dire que nous serons là pour Noël. J'ai réussi à convaincre ton père de sortir de sa caverne. J'avais peur qu'il ressemble à un ours tout poilu.

Je me mets à rire tandis qu'Adrian me bouffe le lobe de l'oreille. Je lui donne un coup de coude afin qu'il cesse, mais il ricane à son tour et se dandine sensuellement contre moi. Ce mec est incorrigible.

— Tu viens d'égayer ma journée, maman. J'ai vraiment hâte de vous revoir. Vous me manquiez tellement.

— Moi aussi, chérie, et nous viendrons certainement accompagnés de Jamie. Ce n'est pas encore sûr, mais nous lui avons proposé de venir pour qu'il se change les idées.

Oh, Jamie ! Ça fait longtemps que j'ai eu de ses nouvelles.

— Pourquoi lui changer les idées ? Il ne va pas bien ?

Je l'entends soupirer.

— Toujours en guerre avec son ex-femme concernant la garde de son fils.

— Oh… j'espère que tout s'arrangera pour lui.

— Je l'espère aussi. Bon… cela dit, je te tiendrai au courant de la date exacte de notre venue. Je vais faire quelques recherches pour dénicher un hôtel.

— OK.

— Je vais te laisser ma chérie. Quelqu'un frappe à la porte. Je te souhaite une bonne soirée et je te fais de gros bisous.

— D'accord. Bonne soirée aussi, maman. Je t'aime.

— Je t'aime, chérie.

Elle raccroche.

Je me retourne et enroule mes bras autour du cou de mon voyou, souriante.

— Mes parents vont venir pour Noël. Je suis trop contente. Tu vas pouvoir enfin les rencontrer.

J'ai envie de sautiller comme une gamine. C'est le plus beau cadeau que je puisse recevoir. Ma famille est tellement importante pour moi.

— Et là tout de suite, j'ai envie de faire un sapin. On va en chercher un ?

Il relève un sourcil.

— Tu as pensé à ton chat ?

Je grimace.

— Euh… non. Ce n'est peut-être pas une bonne idée, mais un Noël sans sapin, ce n'est pas un vrai Noël. J'en veux un.

Je bats des cils pour l'amadouer, ce qui le fait rire.

— Je veux bien qu'on aille en chercher un, mais ne râle pas si tu le retrouves tout démonté.

Je l'embrasse de plusieurs petits baisers sur la bouche. Ma mère vient de chasser toute la mélancolie que j'ai eue pendant ces derniers jours. Je veux passer à autre chose, même si je sais que la crainte est constamment présente.

J'ai toujours peur que Valens se pointe devant nous avec un flingue ou d'ouvrir ma boîte aux lettres pour découvrir une nouvelle photo. Je ne suis pas allée voir mon courrier depuis ce jour-là. J'ai la frousse.

— On ira te chercher un sapin dans quelques jours, OK ?

Je fais oui de la tête.

Mon premier Noël avec Adrian ! J'espère qu'il sera parfait !

Chapitre 6
« Souviens-toi »
(Joe Dassin)

Adrian

Vanessa. Valens. Léa.

8 jours que ces trois noms hantent mes pensées.

8 jours que je rumine pour avoir des indices.

8 jours où la crainte et la peur viennent me ronger.

8 jours où j'ai envie de tout balancer à la police, mais je ne peux pas.

Non, je ne peux rien faire. Si je dénonce Valens, il risquerait de s'en prendre à mon entourage ainsi qu'à Léa. Je n'ai aucune preuve. Et cette Vanessa ? Quel lien aurait-elle dans tout ça ? Pourquoi a-t-elle envoyé une telle photo ? Je l'ai inspectée à la loupe. C'est bien moi dessus. Et cette femme ? Pourquoi a-t-elle la même marque de strangulation que j'ai vue sur Léa ?

Vanessa. Valens. Léa.

Qu'est-ce qui les unit ?

Je ne comprends rien. J'ai beau ruminer, je ne trouve aucun rapport entre ces trois-là.

Souviens-toi, Adrian ! Souviens-toi de cette rencontre avec Vanessa !

C'était un vendredi. Le vendredi 5 juin pour être précis. Comme chaque fin de semaine, je me rendais au « Hard Rock Café » pour noyer mon chagrin dans l'alcool à cause des blessures que Léa m'avait infligées.

Ce soir-là, un groupe de rock jouait dans le pub. C'était l'euphorie. J'étais seul. Seul avec mon verre de vodka. Puis deux, trois, quatre. Je ne les ai pas vus défiler. J'étais bien. Je ne pensais plus à Léa. J'avais été pris dans cette foule déjantée, dans un tourbillon de folie où la musique me faisait voyager loin de mes soucis.

J'ai aperçu une jolie nana. Elle était vêtue d'une mini robe dorée à sequins sans bretelle et la première chose qui m'avait frappée dans l'œil, c'était sa délicieuse poitrine de rêve. Elle était chaude. Et j'aimais les chaudes. Cette fille avait tout me plaire. Je voulais m'en faire une belle petite distraction pour une soirée. Une blonde aux yeux bleu clair qui avait de l'audace. J'aimais sa manière de se trémousser en levant les mains en l'air et à me contempler d'un air coquin. Très taquin. Dès le premier regard, je savais qu'elle voulait que je la baise. Elle était pour moi. Et je l'ai capturée en un claquement de doigts. Il a suffi simplement que je m'en approche et ses lèvres se sont posées sur les miennes d'une façon très avide, limite à vouloir me dévorer sur place. Quand j'y repense, elle devait être en manque de sexe.

Quelques bribes de cette soirée me reviennent. Nous nous sommes éclipsés du pub et nous avons marché le long de Montmartre. Nous nous sommes retrouvés dans un studio pauvrement meublé. Il y avait juste l'essentiel. Les murs étaient recouverts de moquette rouge et le parquet vieilli était tout crasseux. J'ai un vague souvenir du reste de ce studio miteux. En réalité, je n'en avais rien à foutre de cet endroit. Je voulais simplement m'amuser avec ce corps délicieux qui se frottait contre moi sans cesse.

On a d'abord pris un verre, puis on a vidé la moitié d'une bouteille de vodka à deux. On n'a même pas cherché à apprendre à se connaître. Non, tout ce qui nous passionnait, c'était de nous bécoter et nous peloter comme deux êtres assoiffés de sexe. Elle m'a emmené dans une pièce qui devait être sa chambre. J'avais la tête qui tourbillonnait affreusement. Elle m'a baisé dans un lit à baldaquin. Oui… je me revois attaché. Ensuite, c'est le trou noir. En réalité, je ne sais même pas si j'ai pris mon pied. Trop bourré pour m'en souvenir. Je me suis réveillé le lendemain matin dans mon lit. C'est Seb qui m'avait repêché dans un coin d'une rue, assis sur un trottoir en pleine nuit. J'étais dans un état horrible. Je lui ai fait peur apparemment. Il a cru que j'allais tomber dans un coma éthylique. C'est lui qui m'a raconté tout ça. Je n'en ai plus aucun souvenir.

Je ne sais pas non plus comment elle a réussi à gratouiller mon numéro de téléphone, mai deux jours plus tard, elle m'a envoyé un message pour qu'on se revoie. On s'est donné rendez-vous au « Hard Rock Café ». J'avais déjà bien commencé la soirée en ingurgitant pas mal de bières avant de venir. Je ne me souviens de rien d'autre de cette soirée-là hormis lui avoir dévoilé un peu ma vie de merde. Quelques jours plus tard, elle m'a largué avec un message qui m'a fait comprendre qu'il fallait que j'arrête tout ce cinéma. Et le soir même, j'ai rencontré Zoé. Et cette fille a changé ma vie.

Depuis plusieurs jours, des petits flocons de neige viennent danser dans les airs de Paris. La ville est plongée dans une ambiance de fête. Arches lumineuses, flammes incandescentes et boules multicolores égayent les rues de mille feux.

Je roule depuis une vingtaine de minutes dans Montmartre à la recherche de ce fameux studio où Vanessa m'avait emmené. La circulation est assez encombrée. J'étouffe. Je déteste ça. Malheureusement, j'ai beau fouiner, je ne trouve pas. Ça me bouffe, ça me ronge, ça me met sur les nerfs à un point à vouloir crier sur tous les toits que l'on me fiche la paix et que ces trois personnes néfastes disparaissent de ma vie. Chaque jour, j'essaie de joindre Vanessa, mais je tombe immédiatement sur son répondeur. Je dois être maudit. Pourquoi je n'arrive pas à en savoir davantage ?

J'avais aussi en tête de retourner à l'appartement de Léa, mais je n'ai plus aucune nouvelle d'elle. Dois-je tout laisser tomber encore une fois ? Est-ce que je dois attendre la prochaine menace pour agir ? J'ai même pensé à joindre Roxanne, mon amie qui s'est rendue au studio le jour où Valens a failli me faire la peau. Mais ça aurait été absurde. Elle ne doit pas connaître Valens. Sa sœur, Emily, n'a jamais dû lui parler de lui.

Je me gare sur un parking puis consulte mon téléphone. J'appelle Vanessa. Et bien sûr, je tombe immédiatement sur une messagerie où une femme dit que le numéro que j'ai composé n'est pas attribué. J'ai vraiment la poisse et j'ai l'impression de perdre mon temps avec ces deux histoires. Cela dit, je dois stopper mes recherches pour l'instant. Il faut que je me rende sur le lieu de travail de Zoé. Je vais enfin pouvoir savourer un moment d'apaisement dans ses bras. L'endroit de mes rêves. Sentir la douceur de son corps contre le mien, ses caresses frémissantes. Dans ses bras, j'oublie tout.

Chapitre 7
« Elle panique »
(Olivia Ruiz)

Zoé

Hier, nous avons fait des emplettes au « Forum des Halles-Rambuteau ». Nous avons acheté quelques décorations comme des guirlandes à plumes dans les tons blanc et violet et également des petits sujets en bois. Notre sapin est magnifique et Stitch l'aime également, car il s'amuse à attraper sans cesse les boules.

Quand j'étais enfant, j'aimais donner un coup de main à ma mère pour embellir la maison lors des fêtes de fin d'année. J'ai toujours aimé faire les boutiques et me promener sur les marchés de Noël. La ville de Paris est splendide pendant cette période. À chaque fois, je suis captivée par les éclairages époustouflants qui scintillent sur les Champs Élysées, mais également sur les vitrines des magasins.

Je lâche un petit soupir en me dirigeant vers le bar. J'ai dû mal à croire que je viens de finir ma dernière journée de travail. Je me souviens de mes débuts dans ce café comme si c'était hier. J'ai tout de suite sympathisé avec Julien et je savais dès le départ que tout fonctionnerait comme sur des roulettes entre nous. Chaque jour passé en sa compagnie m'apporte une bouffée de bonheur. Son humeur folâtre rend l'atmosphère agréable et chaleureuse. Ce patron va vraiment me manquer !

Adrian pousse la porte du café, les cheveux parsemés de flocons de neige. Il secoue la tête vers le sol et claque ses baskets sur le tapis d'entrée.

— Salut, dit-il en s'approchant de moi.

Il me sourit puis plaque ses lèvres glaciales sur les miennes.

— Tu devrais t'acheter un manteau, Adrian. Tu me donnes froid. Regarde… (je tapote son cou), tu n'as même pas d'écharpe. Tu vas être malade.

— Mais non… J'ai le sang chaud.

Je lève les yeux au ciel avant de poser mon plateau vide sur le comptoir.

— Je vais t'acheter un pull, un point c'est tout.

Il rit tout en m'attrapant par la taille puis enfouit sa tête dans ma nuque en l'agitant. Ses cheveux trempés qui frôlent ma peau me font grimacer. Qu'il est agaçant ! Mais je ne peux m'empêcher de rire.

— Ça ne sert à rien, tu vas gaspiller ton argent.

Mais comment fait-il ? Il ne porte que des tee-shirts et des chemises à manches courtes. De toute façon, quoi qu'il dise, je lui offrirai un pull. J'en trouverai bien un qu'il aimera.

— Je le gaspille comme je le veux. Je vais refaire ta garde-robe.

— OK, alors… moi aussi. Je t'achèterai plusieurs petites tenues sexy.

J'éclate de rire tandis que Julien s'approche de nous. Il donne une accolade à Adrian.

— Qu'est-ce qui vous fait rire comme ça ? nous demande-t-il.

Je rougis et m'empresse de répondre avant qu'Adrian le fasse (il serait capable de lui dire n'importe quoi) :

— Rien du tout. Adrian dit des bêtises.

Je consulte l'heure nerveusement sur ma montre puis lui lâche :

— Il est temps de boire un verre.

Julien hoche la tête et s'exclame en allant derrière le bar :

— Sors la bouteille de champagne, Alexis.

Alexis approuve et disparaît vers les vestiaires. Il n'y a plus aucun client dans le café. La serveuse qui est venue en essai pour prendre ma place nettoie une table près de la grande baie vitrée. Dire que c'est elle qui va me remplacer. Dire que c'était mon dernier jour. J'ai fini. Je ne travaillerai plus pour Julien.

Non, Zoé ! Ne pleure pas ! Tu peux le faire !

Adrian tire une chaise, s'assied et tapote sur ses genoux afin que j'y prenne place. Je m'exécute et aperçois Alexis qui s'approche de nous avec un plateau comportant la bouteille de champagne ainsi que des coupes. Il le pose sur la table.

— Viens avec nous, Léna, dit Julien à la petite nouvelle qui était sur le point de se diriger vers les vestiaires. Tu as le temps cinq minutes ?

Elle hoche la tête et se place face à moi. Elle ne m'a presque pas parlé de la journée, mais je dois admettre qu'elle a fait du bon boulot. Elle a tout de même pris ses repères. Julien n'avait d'yeux que pour elle cet après-midi, ce qui m'a fait sourire plus d'une fois. J'ai bien l'impression qu'elle lui plaît énormément. Il faut dire qu'elle est jolie. Elle est de taille moyenne, son corps est svelte et elle a de sublimes cheveux bruns qui ondulent jusqu'en bas de son échine.

Alexis me donne une coupe.

— À ton nouveau job, dit Julien.

Je souris puis apporte la coupe à mes lèvres. Adrian sort son iPhone de la poche intérieure de son cuir et observe l'écran.

— Je vais répondre dehors, me dit-il tout bas.

— Qui est-ce ?

— Ma sœur.

Je me lève pour qu'il puisse s'éloigner puis me rassieds sur la chaise. De la baie vitrée, je le contemple. Il vient d'allumer une cigarette. Il fait les cent pas devant le café, la tête baissée vers le sol. J'aperçois la tour Eiffel qui brille dans la pénombre. De nombreux passants se dirigent vers celle-ci afin de se rendre sur le village de Noël qui inaugure le Champ-de-Mars.

— Je te souhaite tout le bonheur du monde, ma petite. Je sais que la danse est une discipline que tu aimes énormément et que ce nouveau job t'épanouira encore plus que lorsque tu travaillais pour moi. J'en suis certain.

Il pose chaleureusement sa main sur mon épaule.

— J'étais bien aussi ici, Julien. Des patrons comme toi, il n'y en a pas dans tous les coins. Je vais devoir supporter ma sœur et je te signale qu'elle…

Impossible de finir ma phrase lorsque j'aperçois qu'Adrian se fait agresser. Un homme vêtu tout en noir lui donne une claque derrière le crâne et tente de lui dérober son téléphone. Je hurle et me lève précipitamment de ma chaise afin de le secourir. Cependant, Julien m'en empêche en attrapant mon poignet.

— Reste ici ! J'y vais.

Je fais non de la tête et secoue mon bras pour qu'il me lâche. Il me regarde sévère.

— Je t'ai dit de rester ici ! Je n'ai pas envie qu'il s'en prenne à toi. Tu ne bouges pas.

Il me menace avec son doigt. Je dois admettre qu'il a raison. J'hésite, mais finalement, je le laisse y aller. Je n'ai pas envie qu'Adrian se fâche contre moi parce que je n'aurais pas écouté Julien.

Je me dirige vers la baie vitrée tandis que Julien court jusqu'à l'entrée. J'aperçois l'agresseur qui abandonne et qui sprinte à toute vitesse vers la tour Eiffel. Comme si on n'avait pas assez de problèmes sur le dos ! Il faut toujours qu'il nous arrive quelque chose et je ne sais pas pourquoi, mais j'ai un drôle de pressentiment. Est-ce un coup de Valens ?

Je me précipite pour rejoindre Julien et Adrian lorsqu'ils rentrent dans le café. Je me jette sur mon voyou et le serre vivement contre moi. Je l'embrasse sur la joue et le scrute dans les yeux.

— Il ne t'a rien fait ? demandé-je, paniquée.

Il secoue la tête.

— Ça va, ne t'inquiète pas. Je n'ai rien. C'était juste un p'tit con qui voulait faire le malin.

Il me caresse le visage du bout des doigts. Rien à faire, je n'arrive pas à me calmer.

— Il faut appeler la police !

— Non, ça ne sert à rien. Il est déjà parti.

Je soupire et le lâche.

— Mais qu'est-ce qu'il voulait au juste ?

Il hausse les épaules et me prend la main.

— Il voulait me piquer mon téléphone. Rien de grave, ne t'inquiète pas.

Il me décoche un clin d'œil avant de reprendre place sur sa chaise. Je m'installe sur ses genoux puis le serre une nouvelle fois contre moi en enroulant mes bras autour de son cou.

J'ai envie de lui parler de Valens, mais je ne sais pas si c'est une bonne idée. Nous n'avons pas eu de nouvelles de lui, de Léa et de Vanessa depuis quelques jours et je dois dire que je ne m'en porte que mieux. Alors, pourquoi tout remettre sur le tapis ?

Calme-toi, Zoé ! C'était juste une coïncidence !

— Bon… allez, oublions tout ça, dit Julien en prenant sa coupe de champagne. Buvons un coup pour le nouveau job de Zoé.

Je lui offre un demi-sourire puis chope ma coupe. Il a raison. Il faut oublier ce qui vient de se passer. Adrian n'a rien et c'est l'essentiel.

***

Je me réveille d'un bond, le cœur qui bat follement dans ma poitrine. Je viens d'entendre un gros boum dans l'appartement.

— Adrian, murmuré-je en lui tapotant le bras.

Je m'assieds. Il est enroulé dans le drap comme une momie. Je le secoue une nouvelle fois.

— Adrian… s'il te plait, réveille-toi.

— Hum…

Il se retourne lentement en clignant des paupières.

— Que se passe-t-il ? me demande-t-il d'une voix encore ensommeillée.

Il se redresse en passant sa main sur son visage puis jette un coup d'œil sur le réveil.

— Pourquoi me réveilles-tu à cette heure-ci ? Il est à peine quatre heures du mat'. Tu as envie d'un câlin ?

Je lui fais les gros yeux en remontant le drap sur ma poitrine.

— Oh… tout de suite !

— Bah… dis-moi alors.

— J'ai entendu un bruit qui provenait du salon.

— Et tu veux que j'aille voir ?

Je hoche la tête. Un nouveau bruit retentit. La chair de poule m'envahit.

— OK… je vais voir.

Il pousse le drap puis sort du lit. Lorsqu'il disparaît de la chambre, je me lève à mon tour et attrape ma nuisette noire qui se trouve à terre. Je l'enfile tout en m'aventurant à pas de loup vers la porte. Mes pulsations cardiaques s'accélèrent. Je n'ai plus l'esprit tranquille depuis nos mésaventures.

— Oh putain ! Merde ! s'exclame-t-il.

Une énorme boule entrave ma gorge. Stitch passe entre mes jambes au moment où je quitte la chambre et se cache immédiatement sous mon lit.

— Ton chat a foutu le bordel !

Je me sens soulagée à entendre ses mots. Soulagée que personne ne se soit introduit dans mon appartement.

Je pénètre dans le salon et m'aperçois que le sapin est tombé à terre. Oh non ! Tout est défait ! Il ne ressemble plus à rien.

— Je te l'avais dit que ce n'était pas une bonne idée d'en faire un.

Je grogne en serrant les poings. Je maudis mon chat.

— Ne me regarde pas comme ça… Je n'y suis pour rien, dit-il en avançant vers moi. On le refera demain.

Je ferme les paupières quelques secondes en baissant le visage vers le sol. Je soupire fortement. J'adore Stitch, mais il est toujours à l'affût d'une bêtise. Je suis désespérée. Il ne se calmera jamais.

— Ouais… On verra ça demain, dis-je, en voûtant les épaules. J'ai encore besoin de quelques heures de sommeil.

Il sourit avant de glisser la bretelle de ma nuisette sur mon bras. Un sourire coquin qui me laisse penser qu'il a prévu un autre programme.

— C'est de trop ça. Pourquoi as-tu mis une chemise de nuit ?

— Je n'allais pas me pointer nue devant un cambrioleur.

Il rit.

— Personne ne rentrera ici, Zoé. No stress.

Je ne sais pas comment il fait pour garder son sang-froid. Moi, je n'y arrive pas. L'angoisse me ronge, m'horrifie, me tourmente. Pourtant j'essaie de ne pas toujours le montrer, mais c'est compliqué.

— Allez… on va se recoucher, chuchote-t-il avant de me porter.

Il sourit et je sais que ce sourire veut tout dire. Je connais son idée.

— C'était moi le cambrioleur et je suis venu pour te kidnapper.

Je ne peux m'empêcher de rire.

— Et que me réserve ce charmant cambrioleur comme sort ? demandé-je en papillonnant des cils.

Il entre dans la chambre, me dépose délicatement sur le lit et rampe sur moi. Mon sang se met à battre vite lorsque ses lèvres effleurent ma nuque.

— Tout ce dont tu as envie, ma petite prisonnière, susurre-t-il contre ma bouche.

Mes mains se déplacent sur ses côtes, lui offrant des caresses frémissantes. Plus aucune panique ne vient me submerger. Adrian est mon magicien. Je ne peux que le remercier.

— Adrian…

— Oui ?

Je le regarde amoureusement, emplie d'un désir profond.

— Je t'aime.

Ses pupilles s'enflamment. Il m'observe avec fascination avant de m'offrir un de ses plus beaux sourires.

— Je t'aime aussi, petite tigresse.

Et voilà comment Adrian arrive à m'apaiser, en m'offrant tout son amour.

Chapitre 8
« Kiss »
« Baiser »
(Prince)

Adrian

Zoé apparaît devant moi affolée, mais surtout complètement nue, les cheveux mouillés et détachés. Elle vient probablement de sortir de la douche.

— Mes parents arrivent après-demain et nous n'avons toujours pas de cadeaux ! Il faut qu'on se magne, Adrian !

Se magner ? Oh non ! Moi je veux qu'on prenne tout notre temps. Surtout lorsqu'une délicieuse créature me réveille de cette façon-là.

Je consulte l'heure sur le radio-réveil. Il est à peine 8 h du matin. Elle se fout de moi ou quoi ? Elle sait très bien que je n'aime pas me réveiller si tôt lorsque je suis en repos sauf si elle s'occupe de moi.

— Remonte dans le lit, Zoé. Tu as vu l'heure ?

— Oui, j'ai vu l'heure et il est temps que tu sortes !

Elle attrape la housse de couette et l'éjecte à terre. Je me mets à grogner.

— Allez… Sors du lit !

— On ira faire du shopping cet après-midi si tu veux, mais là… je veux que tu grimpes sur moi et que tu me fasses une danse sexy sur…

Je fixe mon index sur mes lèvres et fais mine de réfléchir.

— Sur « Kiss » de Prince.

Elle pouffe de rire.

— Tu peux toujours rêver. Tu n'auras rien pour l'instant.

Et elle disparaît de la chambre. C'est une effrontée, mais je ne peux m'empêcher de rire. Même si elle se la joue tigresse, je sais que je gagnerai. Elle ne sait pas résister aux caresses audacieuses que je lui offre.

Je m'étire et m'extirpe du lit, mais simplement pour remettre la housse de couette sur moi. Bien évidemment, ça ne se passe pas comme je le voudrais. La voilà revenue (toujours nue) pour s'emparer de la housse. Quelle aguicheuse cette fille !

— J'ai dit non, Adrian ! Tu te lèves !

Elle la traîne derrière elle en sortant de la chambre, mais je l'attrape en tirant dessus de toute mes forces. Elle lâche prise, son teint devenu rouge pivoine. Je n'ai vraiment pas envie de sortir du lit. Hier c'était mon dernier jour de taf et j'ai fini ma journée très tard. À cela, il faut rajouter que je me suis occupé d'elle pendant une belle partie de la nuit. J'ai envie de faire grasse matinée pendant mes quinze jours de vacances et ce n'est pas cette tigresse qui va m'en empêcher.

— Adrian ! Arrête ! On est le 22 décembre et on n'a encore aucun cadeau.

— J'ai le tien, c'est le principal.

Elle souffle en croisant les bras sur sa poitrine tandis que je remonte dans le lit.

— Mais moi je n'ai pas le tien !

— Si tu veux me faire un cadeau, tu n'as qu'à danser sur « Kiss ». Ce sera suffisant pour moi.

Elle fait une grimace avec son nez puis grimpe sur le lit. Vais-je enfin avoir le droit à mon cadeau ? Eh bien, non. Elle sautille, me faisant bouger dans tous les sens. En revanche, elle m'en met plein la vue avec ses seins qui tressautent et sa chatte devant mes yeux.

— On. Y. Va. Tout. De. Suite ! s'exclame-t-elle en articulant chaque mot.

— Et. Moi. J'ai. Dit. NON !

Je l'agrippe par la taille et la fais trébucher sur moi. Ses cheveux mouillés viennent directement me chatouiller le visage. Elle sent bon. Toujours mon gel douche.

— J'aime ton odeur, lui susurré-je à l'oreille.

— Adrian ! Arrête ton cinéma ! Ça ne sert à rien de m'amadouer, je ne céderai pas.

Eh bien c'est ce qu'on va voir !

Elle essaie de se libérer de mon étreinte, mais j'ai bien plus de forces qu'elle. Je la chope par la taille et en moins de deux, elle se retrouve plaquée contre le matelas. Sa respiration s'accélère et je vais lui faire comprendre que je ne sortirai pas de ce lit tant que je n'aurais pas eu ma petite représentation sexy.

Grognant contre ses lèvres, je lui montre l'envie que j'aie pour elle tout en appuyant mon érection contre son bas ventre. Ma bouche s'empare de la sienne. Je l'embrasse avec fièvre. Comme je m'en doutais, elle se laisse complètement aller. Et voilà que je plane simplement parce qu'elle plonge ses doigts dans mes cheveux.

Oh oui, Zoé ! Continue !

Je fais glisser une main sur son sein. Je le caresse puis titille son téton qui se durcit rapidement. Lorsque je mets fin à notre baiser, j'observe ses grands yeux verts qui débordent de désirs.

Voilà comment il faut dompter une tigresse ! Ce n'est pas très compliqué !

— Qu'est-ce que tu es belle, ma chérie, dis-je en papillonnant des cils.

Elle pose ses mains sur mon torse et me pousse.

— Ta tactique ne fonctionnera pas.

— Ah oui ? Tu penses vraiment cela ?

— Bien sûr !

Oh que non ! Tu ne gagneras pas.

Me reculant sur ses cuisses, je me penche pour embrasser ses lèvres du bas. Je l'entends soupirer, mais elle ne se débat pas. Je n'attends pas pour plonger ma langue à l'intérieur de l'antre de mes rêves. Je la tourmente d'une avidité sauvage, ce qui me donne le droit d'entendre des petits bruits sourds qui émanent de sa bouche sexy. Elle est si exquise, fabuleuse et tellement réceptive.

Je continue mon exploration, enfonçant ma langue de plus en plus loin. Je fais des cercles et des cercles tout en la savourant comme un dessert succulent. Elle se met à marmonner mon prénom lorsqu'elle gémit. Je sais que je peux déjà crier victoire, mais je n'ai pas envie de m'arrêter. Alors je continue, continue, continue jusqu'à ce qu'elle se mette à crier, me laissant penser qu'elle vient d'avoir un orgasme.

— Tu vois, chérie… tu ne peux pas te passer de moi. Tu veux que je poursuive ?

J'approche mon visage du sien et louche sur ses lèvres pulpeuses qui s'entrouvrent.

— Je… Bon, OK. Je vais te la faire cette dance, mais pousse-toi.

Yes ! Je suis un winner !

— C'est vrai ? Tu vas faire ton petit spectacle ?

— Oui, mais pour ça, il fait que tu te pousses.

Quel bonheur ! Je suis toujours fan quand elle danse sur moi. Elle me rend dingue.

Je l'embrasse sur le front avant de rouler sur le matelas. Elle en profite pour descendre du lit et de disparaître de la chambre. Je suis vraiment trop naïf. Elle ne reviendra pas. Quand elle a une idée derrière la tête, elle y tient. Je vais devoir me passer de « Kiss ». Quel dommage ! En réalité, elle a raison. Il serait temps que l'on en finisse avec tous les cadeaux. Ma sœur a proposé de tous nous accueillir chez elle pour le réveillon de Noël. Je ne vais pas pouvoir me rendre chez elle les mains vides. Elle me l'a proposé le jour où j'ai failli me faire dérober mon téléphone. Putain ! Je n'ai vraiment pas de chance en ce moment quand j'y repense. Mais malheureusement, ce sont des choses qui arrivent. On n'est à l'abri nulle part.

Je me lève au bout de cinq minutes et l'aperçois dans le salon en train de mettre ses bottines. Elle a opté pour une robe en lainage rouge avec une ceinture noire qui lui maintient la taille. Elle est jolie. Et elle me donne une idée soudainement. Elle sait très bien que je pourrais être cruel à cause de ce qu'elle vient de me faire. Ou plutôt par ce qu'elle a omis de me faire. Je peux devenir son Joe pendant quelques heures. Ouais, je vais me venger, mais pour cela, j'ai besoin d'un accessoire important.

Tout compte fait, cela va être intéressant de faire les magasins !

***

J'ai l'impression de vivre un marathon depuis ce matin. Nous avons tout d'abord été au « Forum des halles » pour dénicher quelques cadeaux de Noël. À midi, nous nous sommes arrêtés dans un fast-food pour déjeuner puis nous avons continué notre shopping dans le 9e arrondissement, pas très loin de l'opéra où se situent les galeries Lafayette. Les enseignes possédaient des vitrines animées tous plus belles les unes que les autres. Un vrai paradis pour les yeux.

Je pensais qu'elle en avait fini, mais elle voulait faire un petit tour sur le village de Noël. Nous avons flâné tranquillement sur le Champ-de-Mars. J'avoue que l'ambiance festive était agréable. Les odeurs réconfortantes des marrons et de vin chaud qui flottaient dans l'air ont apaisé mon humeur morose de ces derniers jours. Zoé avait les pupilles qui pétillaient en contemplant les chalets en bois décorés de guirlandes lumineuses. Elle s'est arrêtée pratiquement à chaque stand pour essayer de dégoter quelques cadeaux supplémentaires pour la famille.

En fin d'après-midi, nous avons admiré la tour Eiffel, parée de son habillage doré. Elle scintillait de mille feux, nous en mettant plein la vue. J'ai regretté de ne pas avoir pris mon appareil photo, mais j'ai pris quelques clichés de nous deux devant cette magnifique tour de fer avec mon téléphone.

Nous venons de rentrer. La première chose qu'elle fait est de regarder si le sapin est toujours sur ses pieds. Depuis un certain temps, Stitch ne commet plus trop de bêtises. Mais ça ne l'empêche pas de choper une boule de temps en temps pour jouer avec.

Je fouille discrètement dans un sac que je viens de poser sur le canapé puis en extrais le joujou que j'ai acheté lorsqu'elle m'a demandé de la laisser seule pour me dénicher un cadeau. J'étais heureux de l'avoir trouvé.

Je sens que je vais passer de bons moments avec cet accessoire.

Elle se retourne avec Stitch dans les bras puis fait de gros yeux en apercevant l'objet dans mes mains.

— Mais d'où sors-tu ça ?

Eh merde ! Je ne voulais pas qu'elle le voie tout de suite. Bon et bien, maintenant qu'elle l'a vu, on va pouvoir s'en servir.

— Je les ai trouvées pendant que tu cherchais après mon cadeau. On s'amuse maintenant ?

Je joue des sourcils, ce qui la fait rire.

— Non… Pas tout de suite. On a encore une mission à faire.

Elle lâche Stitch qui saute immédiatement sur le canapé.

— Quelle mission ?

— Emballer les cadeaux, s'exclame-t-elle toute enthousiaste.

Oh ! Non ! On va y passer des heures. Et je déteste ça. Je ne suis pas doué pour faire de beaux emballages.

— On le fera demain puisqu'on n'a rien de prévu.

Elle fait non de la tête puis attrape un sachet. Elle sort tous les rouleaux de papiers cadeaux puis les dispose sur la table basse. Hors de question que « Kiss » me passe encore une fois sous le nez. Je vais devenir fou.

Je me rue sur elle et la chope par la taille. Je la porte et lui mets une petite tape sur les fesses. Elle se débat.

— Adrian ! Lâche-moi !

— Même pas en rêve, Zoé ! Tu m'as promis que tu me ferais ta petite danse, donc tu vas la faire maintenant.

Elle me frappe le dos avec un rouleau de papier cadeau, ce qui me fait sourire. Dès que j'arrive dans la chambre, je la jette délicatement sur le lit et grimpe sur elle sans plus attendre.

À califourchon sur son corps de rêve, je fais bouger les menottes devant ses yeux en prenant un air espiègle. Elle me les arrache des mains et essaie de se dégager de mon étreinte.

— Bon… OK, allez pousse-toi. Je vais te la faire cette danse.

Hum… Est-ce une tactique pour fuir encore une fois ? Je ne lui fais pas trop confiance.

— C'est vrai ? Tu ne vas pas me laisser en plan ? murmuré-je contre ses lèvres.

— Non… Pas cette fois. Tu as été tellement sympa cet après-midi que je te dois bien ça.

— OK. De toute façon, si tu ne danses pas, je me vengerai et crois-moi, je ne serai pas gentil.

Elle glousse puis essaie de se dégager.

— Mais non ! Je vais te surprendre sur cette chanson. Allez… bouge un peu.

OK, je cède. J'espère que je ne vais pas me faire avoir.

Je l'embrasse sur le bout du nez avant de rouler sur le matelas. Mon cœur bat si vite. Elle m'en met plein la vue quand elle danse et là, j'ai l'impression que ça va s'annoncer encore plus torride que d'habitude.

— Ne bouge pas, je vais chercher mon téléphone.

Je la regarde avec suspicion.

— Je te jure que je reviens. Tu es toujours partant pour « Kiss » ?

— Quelle question ! Allez-vas-y… et arrête de me faire languir comme ça.

Alors qu'elle quitte la chambre, j'en profite pour ôter tous mes vêtements puis je m'allonge complètement nu sur le lit, les bras derrière la tête. Elle revient et rit lorsqu'elle me voit.

— Tu n'as pas perdu de temps.

— Non… Je suis pressé.

Elle ricane toujours en posant son téléphone sur la table de chevet puis retire sa robe en un éclair. Elle fait glisser lentement sa culotte noire le long de ses jambes. Qu'elle est sublime.

— C'est moi qui vais t'attacher, dit-elle en grimpant sur moi.

Le plaisir monte en moi lorsque sa peau chaude effleure la mienne. Elle se dandine en frottant sa chatte contre mon sexe qui est au plus haut de sa forme.

— Donne-moi tes poignets.

J'obéis immédiatement. Je lui montre mes poignets. Elle m'attache puis les place au-dessus de ma tête. Je ferme les yeux en laissant échapper des petits cris rauques dès qu'elle me caresse le torse du bout des doigts.

— Je vais te rendre fou maintenant, chuchote-t-elle près de mon oreille.

— Oh, oui, chérie. Je suis un winner.

À ces paroles, j'ouvre les paupières, brûlant de désir. Elle m'embrasse dans le cou puis me le suçote délicieusement. Je frémis par cette sensation exquise qu'elle me procure. Sa langue dessine un chemin de ma nuque à mon pubis puis elle prend mon sexe entre ses mains. La coquine se met à me lécher le bout de mon gland puis elle rit en descendant du lit. Sur le coup, mon cœur s'accélère, pensant qu'elle va m'abandonner une nouvelle fois, mais lorsqu'elle chope son téléphone, mes pulsations cardiaques s'apaisent. Je vais enfin recevoir ma petite danse sexy ! Elle va m'en mettre plein les yeux !

— Tu es prêt ?

— Oui.

— OK… c'est parti.

Elle place le téléphone à côté de ma tête puis sourit d'un air coquin. La musique retentit. Ça va être chaud. J'ai l'impression de voir plein d'étoiles dans la chambre, alors qu'elle n'a encore rien fait. Mais elles disparaissent rapidement quand elle se dirige vers la porte.

Je me redresse en lui lançant un regard noir :

— Putain ! Qu'est-ce que tu fous, Zoé ?

— Eh bien… Je te laisse avec « Kiss ». Et… tu n'es pas un winner, mais un loser.

Elle ne va pas quand même me faire ça ? Là, maintenant, j'ai envie de lui mettre plusieurs fessées, mais ça va s'avérer difficile avec les poignets attachés.

— Détache-moi !

Elle fait non de la tête en suçant son index puis disparaît de la chambre. La traîtresse ! Me voilà bien attaché ! Je me suis fait avoir encore une fois. Mais quel boulet ! Cette fille est en train de me rendre cinglé. Mais la prochaine fois, je ne me ferai plus avoir. Elle sera à moi et elle n'aura pas le choix d'être à ma merci.

Chapitre 9
« Bienvenue chez moi »
(Florent Pagny)

Zoé

— Adrian ! Mais qu'est-ce que tu fous encore en caleçon à cette heure-ci ? Mes parents vont arriver d'une minute à l'autre !

Il est 17 h et je crois que je vais péter un câble ! Non seulement aucun de nous deux n'est prêt, mais de plus il reste quelques toasts à préparer et deux cadeaux à emballer. Tout ça, c'est sa faute ! Oui la faute de ce voyou qui se colle sans cesse contre moi pour recevoir des câlins. Résultat : eh bien, ça fonctionne à chaque fois, car comme une idiote, je cède pour ses beaux yeux bleus. Mais quelle gourde !

— Allez ! Arrête de mater les Simpson !

J'attrape son bras et tire dessus comme une folle afin qui lève son cul du canapé. Manque de chance, mon corps se retrouve propulsé contre son torse nu.

Ferme les yeux, Zoé ! Ne le contemple plus où on va encore finir à poil en un rien de temps ! Quoique, on n'a pratiquement rien sur le dos. C'est déjà bien parti !

— Tu as raison. Je vais éteindre la télé parce que c'est toi que je vais regarder maintenant. Tu es bien plus jolie que ce Homer Simpson.

Je me mets à rire et essaie de me dégager de son étreinte. J'ai bien dit « essayer », car je n'y arrive pas du tout. J'ai l'impression que ma peau est collée à la sienne.

— J'ai envie de mettre ma main dans ta culotte. Allez...
laisse-toi faire un peu.

— Vu comment tu viens de me le dire, tu peux toujours
rêver.

— Chérie, j'ai envie de te faire l'amour, c'est mieux ?

Il papillonne des cils en souriant de toutes ses dents.
Quel comique !

— Non... Plus tard. Tu ne penses qu'à ça.

— Tu n'es pas mieux que moi et puis... tu es une sacrée
aguicheuse de te pointer en lingerie devant moi. Tu sais
bien que la bête démarre au quart de tour. Allez... on va
faire un câlin.

Je lui assène plusieurs petites claques sur le bras, ce
qui me donne le droit d'être plaqué sur le canapé. Il me
surplombe de sa haute stature, les pupilles emplies d'un
désir ardent. Le souffle court, j'admire ce bellâtre que
j'aime de tout mon cœur en lui esquissant un magnifique
sourire. L'andouille que je suis ne peut s'empêcher de
caresser son torse du bout des doigts dans une lenteur
infinie. Et ça lui plaît, car il renverse la tête à l'arrière tout
en fermant les yeux.

— Oh oui... vas-y, Zoé. Caresse-moi encore, me
supplie-t-il de sa voix suave.

Eh merde ! Je n'arrive pas à contrôler mes doigts. Ce
corps me fait tellement frémir. Ce corps qui est à moi et qui
me protège n'importe où je vais. Ce corps qui m'apporte
toute la chaleur dont j'ai envie.

— Ce n'est pas une bonne idée, Adrian. On a encore du
pain sur la planche.

Il rouvre les yeux et penche sa tête vers la mienne. Il
m'adresse un sourire lubrique.

Sa bouche proche de la mienne, il me chuchote :

— Allez… un petit coup vite fait.

Je me mets à rire une nouvelle fois. Il ne peut jamais s'empêcher d'être sérieux.

— Tes parents arrivent dans combien de temps ?

— Dans…

La sonnerie de l'interphone m'interrompt et me fait sursauter. Oh ! Mon Dieu ! Oh ! Mon Dieu ! Oh ! Mon Dieu ! Ne me dites pas que c'est déjà eux ?

— Pousse-toi ! Oh lala ! J'espère que c'est une erreur.

Mon cœur s'emballe. Je n'attends personne hormis mes parents et Jamie. Hier, j'ai eu ma mère au téléphone qui me disait qu'ils seraient chez moi vers 18 h, mais 18 h veut dire 17 h ou 17 h 30. Mon père et ma mère sont du genre à être à l'avance là où ils vont.

Adrian ronchonne en se levant.

— C'est peut-être un gosse qui s'amuse, dit-il en se dirigeant vers le couloir.

Je ne pense pas que c'est un gosse. Je n'ai jamais eu le coup depuis que j'habite ici. Alors pourquoi aujourd'hui ? Tous les gosses sont chez eux tranquilles avec leurs parents à manger des escargots ou des huitres. Non ?

Je cours derrière lui et écoute la conversation.

— Bonsoir, dit Adrian.

La panique qui me submerge, j'attends que la personne réponde. Silence.

— Bonsoir, insiste-t-il. Il y a quelqu'un ?

Aucune réponse.

— Bah tu vois… C'était une erreur (il se retourne vers moi). Je vais pouvoir continuer à m'amuser avec ton petit corps appétissant. Popol est toujours au taquet.

— Bonsoir… Adrian ? C'est la maman de Zoé.

Mon cœur battait la chamade, mais là j'ai l'impression qu'il est sur le point d'exploser ! Je grogne, prête à bondir sur ce voyou, mais si je fais réellement ça, il serait encore capable de m'étaler à terre et de m'emprisonner de son long corps sexy.

Il ricane en passant une main dans ses cheveux et reprend la conversation :

— Bonsoir, madame. Oui c'est bien moi. Je vous ouvre.

Je me dirige vers ma chambre en courant puis attrape le premier vêtement que je trouve sur mon lit, c'est-à-dire, ma vieille nuisette en coton de couleur grise avec pour motif un chat. Ce n'est pas une façon correcte d'accueillir mes parents, mais c'est mieux de mettre ça que d'être simplement habillée d'une lingerie rouge très aguicheuse.

Tandis que j'enfile un gilet noir par-dessus, j'entends la voix de ma mère et de mon père. Je me regarde à travers mon miroir sur pied et arrange ma crinière de lionne vite fait.

Tout en fermant un bouton de mon gilet, je sors de ma chambre en marchant à l'allure d'une limace. Déjà, d'une, je trouve embarrassant d'accueillir mes parents et Jamie en chemise de nuit, mais de deux, Adrian a ouvert seulement vêtu d'un caleçon gris ! Il aurait quand même pu mettre un tee-shirt. De plus, c'est la première fois que mes parents le voient. Mais qu'est-ce qu'ils vont penser de lui ?

Je le regarde de travers lorsqu'il tourne la tête vers moi. Bien évidemment, ça le fait sourire.

— Maman, Papa… Je suis heureuse de vous voir, m'exclamé-je en sautillant vers eux.

Ma mère est tout élégante dans son manteau noir cintré qui lui affine sa taille. Elle se tient bien droite, un sourire chaleureux qui se dessine sur ses lèvres. Quant à mon père, on dirait qu'il va à la pêche. D'où sort-il une doudoune aussi épaisse et affreuse ? Vert bouteille avec une capuche recouverte d'une énorme fourrure marron. Il a cru qu'il allait au pôle nord ou quoi ? Il ne faut pas exagérer. Certes, à Paris, il ne fait pas toujours beau, mais on n'est pas en Sibérie.

— Oh, chérie, tu nous as manqué, dit ma mère en me serrant fortement dans ses bras.

Elle pose ses joues froides sur les miennes, ce qui me fait grimacer.

— Moi aussi, vous m'avez manqué.

Mon père m'étreint également puis fixe ses mains sur mes épaules, m'examinant de la tête aux pieds. Je me sens rougir.

— Bah alors… On fait des folies de son corps ? C'est pour ça que tu n'es pas prête ?

Il décale sa tête sur le côté en inspectant ce coup-ci Adrian. Mais quelle honte ! Surtout qu'ils ne sont pas venus seuls. Jamie est à côté de ma mère, accompagné d'un petit garçon, qui je suppose doit être son fils. Si je me souviens bien, il doit avoir 7 ans. Il lui ressemble énormément. Il a des cheveux blond doré qui lui arrivent au menton et des yeux d'un bleu/gris comme son papa.

— Papa ! Arrête ! Ça suffit. On n'était pas en train de… de… oh et puis zut ! Tu n'as pas à savoir.

Je me dégage de son étreinte pour faire la bise à Jamie et à son fils.

— Je suis heureux de te revoir, Zoé. Tu es… comment dire… rayonnante.

Un sourire erre sur ses lèvres. Je ne sais pas ce qu'il pense de cette situation, mais je me sens vraiment incommodée. La prochaine fois, j'enverrai Adrian faire quelques courses afin que je puisse me préparer. Je ne vais pas recevoir mes invités chaque fois en chemise de nuit.

— Merci, Jamie. Installez-vous là-bas. (Je désigne du menton le canapé) Et… donnez-moi vos manteaux.

— Bon et bien… moi, je vais m'habiller. Je n'en ai pas pour longtemps, dit Adrian.

Je lui jette de nouveau un regard meurtrier, ce qui me donne le droit de recevoir une petite tape sur les fesses. Je mords ma lèvre inférieure pour m'empêcher de lui sourire afin de ne pas lui montrer qu'il a gagné. Je ne peux jamais rester en colère contre lui. Il est chiant, mais je m'ennuierais s'il n'avait pas ce trait de caractère.

Je prends les manteaux de mes invités que je pose sur le tabouret de la cuisine. Pendant qu'ils s'installent dans le salon, je sors quatre verres d'un placard ainsi qu'une bouteille de jus d'orange du frigo.

Il me reste seulement une heure pour emballer les cadeaux et me préparer. Juliette a envoyé un message à Adrian hier soir pour lui informer qu'elle nous recevrait chez elle pour 19 h. Je me suis sentie un peu embarrassée qu'elle invite ma famille. Ils ne se connaissent pas, mais dans un sens, ça permettra à mes parents de rencontrer la mère d'Adrian, ma belle-sœur et Diego. Diego qui met Adrian dans un état d'énervement à chaque fois que l'on parle de lui. Pourtant, je l'ai trouvé correct la fois où je l'ai vu. Il ne m'avait pas l'air méprisant comme me l'avait dit Adrian. Il s'est sûrement assagi.

— Jus d'orange pour tout le monde, ça ira ? demandé-je en rejoignant mes invités.

— Oui, répondent-ils tous en chœur.

Je pose les verres sur la table, ouvre la bouteille et fais le service.

— Tiens, dis-je en tendant un verre au fils de Jamie. Comment t'appelles-tu ?

— Gabriel.

Il devient écarlate lorsqu'il le prend. Son pull en lainage rouge me fait sourire. Dessus est brodé un bonhomme de neige. J'ai acheté le même à Adrian quand nous avons fait des emplettes au forum des halles. Il va me maudire lorsqu'il le verra.

— Tu as un joli prénom.

— Merci.

Je me souviens de ce que m'avait raconté Jamie sur son ex-femme. Une folle furieuse et mythomane qui lui rend la vie impossible. Quelques remords viennent me perturber de ne pas avoir pris de leurs nouvelles, mais j'avoue que j'étais assez chamboulée ces temps-ci.

— Alors… dis-moi, chérie, comment ça se passe ici en ce moment ? Il n'y a pas trop de fous furieux qui traînent dans les rues ?

Je secoue la tête. Je sais pourquoi ma mère me demande ça. C'est parce qu'il y a peu de temps, nous avons été victimes de plusieurs attentats sur la capitale. Elle s'en fait beaucoup. Elle est très protectrice. Si elle savait tout ce qui nous est arrivé…

— Non… enfin, Adrian a été agressé lors de mon pot de départ, mais…

Ma mère pousse un cri qui résonne dans toute la pièce. Elle pose sa main sur sa bouche, pétrifiée.

— Chérie… calme-toi, murmure mon père en en lui caressant le bras. Adrian a l'air d'aller bien.

Je la rassure :

— Mais oui, maman ! Il ne lui est rien arrivé. L'agresseur lui a juste mis une petite tape sur la tête et il a voulu lui dérober son téléphone. Mais manque de chance pour lui, il n'y est pas arrivé. Tu sais bien qu'on n'est jamais en sécurité ici, mais on fait attention.

— Oh, tu sais… on n'est en sécurité nulle part, intervient Jamie. Chez nous aussi il se passe toujours des choses un peu étranges. Encore hier, un cinglé a tiré sur un policier.

— Je sais, dit ma mère. Mais je n'aime pas ça.

— De quoi que vous n'aimiez pas ? demande Adrian, en passant une main dans ses cheveux.

Il avance vers nous en les ébouriffant puis me sourit. Je préfère le voir habillé. Enfin… surtout quand on est en famille. Rien ne me dérange lorsqu'on est qu'à deux. Il a opté pour un jean bleu foncé et une chemise blanche qu'il a laissée légèrement ouverte. Il a trop la classe !

Je lui réponds :

— J'ai dit que tu t'étais fait agresser.

— Oh… Ce n'était rien. Il n'y a pas eu mort d'homme. Et puis… ce n'est pas la première fois que ça m'arrive et je sais comment me défendre.

Il lui décoche un clin d'œil, se place derrière moi et pose ses mains au creux de mes reins.

— Ne vous inquiétez pas, continue-t-il de dire à ma mère. S'il y en a un qui s'approche de Zoé, je le castre.

Mon père se met à rire.

— Tu as bien raison, mon p'tit gars. Pas de pitié pour ces imbéciles.

— Non, pas touche à ma beauté.

— Oh que c'est mignon, s'exclame ma mère. Vous allez bien ensemble.

Je me sens rougir, surtout lorsqu'il se permet de grogner dans mon oreille et de la mordiller en passant.

Je lui donne un coup de coude pour lui faire comprendre d'arrêter. Bien évidemment, ça le fait rire. Mais je suis contente, car je vois que mes parents ont l'air d'apprécier Adrian. Mais là, je n'ai plus le temps de discuter. Je dois me magner.

— Bon allez… à mon tour de m'habiller. Vu l'heure, je pense qu'il ne faut pas que je traîne. J'ai l'impression que je ne vais jamais m'en sortir. J'ai encore pas mal de boulot.

Adrian me libère de son étreinte puis embrasse ma joue.

— Tu veux que je te donne un coup de main pour quelque chose ? me demande ma mère en se levant du canapé.

— Euh… c'est gentil, mais je ne voudrais pas abuser…

— Oh, mais ça ne me dérange pas, me coupe-t-elle en posant une main sur mon épaule. Dis-moi ce qu'il faut faire.

— Eh bien… il me reste deux cadeaux à emballer, celui de Juliette et de son amie Alex.

— OK… Allez, donne-moi tout. Je vais m'en occuper.

— Merci beaucoup, maman.

Tandis que ma mère patiente dans la cuisine, je rentre dans ma chambre pour prendre les deux cadeaux ainsi que le rouleau de papier pour les recouvrir. Je dépose le tout sur la table face à elle et sors du scotch ainsi qu'une paire de ciseaux d'un tiroir.

— Voilà, tu as tout ce qu'il faut. Je te remercie encore.

Elle me scrute intensément de ses grands yeux bleus en m'esquissant un magnifique sourire. Ma mère est une femme très élégante. J'aime la façon dont elle s'est habillée pour la soirée. Elle porte une robe noire toute brodée à mi-genoux d'un style vintage dont les manches retombent sur ses avant-bras. Ses cheveux sont attachés en chignon bas, décorés d'un peigne argenté. Et pour sublimer le tout, elle a opté pour un collier de perles blanches avec des boucles d'oreilles assorties.

— Tu as l'air heureuse, me dit-elle. Adrian semble être un homme charmant.

Je glousse. Charmant ? Elle a bien dit qu'il est charmant ? On voit qu'elle ne le connaît pas vraiment. Bon, j'avoue qu'il l'est de temps en temps, mais sa vraie nature est d'être chiant.

— Oui… il est charmant quand il veut, dis-je avec un sourire ironique. Mais là, j'ai toujours des envies de meurtre, car il vous a ouvert en caleçon.

Ma mère se met à rire en prenant un rouleau de papier cadeau.

— Eh bien… on va dire que c'est une façon originale de faire les présentations. Le principal, c'est qu'il a l'air de te rendre heureuse. Tu as enfin trouvé quelqu'un qui partage de bons moments avec toi et ça me fait énormément plaisir.

— Ouais… tu as raison. On s'entend comme chien et chat, mais on s'aime quand même.

Elle sourit.

— Bon et bien maintenant il ne vous reste plus qu'à nous faire des petits-enfants et je serai la mamie la plus comblée sur terre.

Elle déroule le papier doré sur la table et pose un cadeau par-dessus.

— Peut-être que tu auras plus de chances de convaincre Alicia, car je ne pense pas avoir un bébé de sitôt. Donc je suis désolée de te décevoir, mais tu vas devoir faire preuve de patience. Ce n'est pas dans nos projets.

Je consulte une nouvelle fois l'heure sur ma montre. Il ne faut plus que je traîne.

— Bon… J'y vais sinon je vais devoir me pointer chez Juliette et Alex en chemise de nuit. Et… ce n'est pas très présentable pour une fête de Noël.

— Oui… allez, file ! On en reparlera plus tard.

— Oui, si tu veux… dans 5/6 ans.

Je ris tandis qu'elle secoue la tête en levant les yeux au ciel, l'air de dire « N'importe quoi, ma fille. ». Cela dit, je ne cherche plus à me justifier. Je trottine jusqu'à ma chambre afin de me préparer. Adrian m'a offert une magnifique robe rouge brodée de petites fleurs et de perles. Elle est très belle, elle m'arrive au-dessus des genoux. Contrairement à la tenue qu'il m'avait achetée pour Halloween, elle n'est pas décolletée. Elle est juste comme il le faut. : simple et élégante. Et maintenant, il est temps de me faire toute jolie. Lorsque nous reviendrons, je lui éblouirai les yeux avec ma représentation sur « Kiss ». Enfin… s'il est sage, sinon il devra se contenter simplement d'écouter la musique.

Chapitre 10
« Toxic »
(Britney Spears)

Adrian

Nous sommes devant chez Juliette. Il n'y avait pas beaucoup de circulation, ce qui nous a permis d'arriver à l'heure, malgré tout le retard qu'on avait accumulé.

Je gare ma caisse derrière celle de Diego. J'espère qu'il va se tenir à carreau où je risque de lui faire avouer ce qu'il a fait au Noël dernier. J'ai toujours la haine contre lui, mais j'éviterai de m'approcher de ce crétin de la soirée afin de ne pas m'énerver.

J'ouvre la portière arrière de ma caisse et sors les deux grands sacs qui débordent de cadeaux. Zoé prend le plat de toasts qu'elle a préparé avec sa mère puis rejoint celle-ci qui est chargée également de sacs. Ses parents ont tenu à rapporter des bouteilles de champagne ainsi que le dessert : trois buches pâtissières. J'ai trouvé que ça faisait un peu de trop, mais je n'ai rien osé dire.

Mon téléphone se met à vibrer lorsque je ferme la portière. Je pose un sac à terre et l'extrais de la poche intérieure de mon cuir. Un nœud se forme dans mon estomac. Léa ! Putain, mais merde ! Non ! Pourquoi m'appelle-t-elle ce soir ? Elle ne me donne plus aucun signe de vie depuis plusieurs semaines et il faut qu'elle choisisse le soir du réveillon de Noël pour se manifester.

Elle attendra un peu, car je n'ai pas envie de passer une mauvaise soirée à cause d'elle.

J'éteins mon téléphone puis le remets dans la poche de mon cuir.

— Qui t'appelait ? me demande Zoé en fronçant les sourcils.

— Je n'en sais rien… Ça devait être une erreur.

Elle va me faire une scène lorsqu'elle apprendra que je lui ai menti. Sur l'instant, je n'ai pas envie de lui dire que c'est Léa, mais dans un autre sens, je ne veux pas lui cacher que c'était elle. On s'est promis de tout se dire, mais je ne veux pas entendre parler de mon ex durant toute la soirée. Et encore moins demain, car ce sera l'anniversaire de Zoé. Tant pis, j'aurais le droit à une petite scène, mais je trouverai le moyen de me faire pardonner.

Nous avançons dans l'allée goudronnée qui mène à la maison de Juliette. Je n'ai pas le temps de frapper à la porte qu'elle m'accueille avec un large sourire, accompagnée d'Alex. Juliette s'est mise sur son 31. Elle est vraiment mignonne, vêtue d'une robe bustier à paillettes de couleur dorée. Ses cheveux bruns dont décoré d'un diadème accordé à sa tenue et pour une fois, elle me semble beaucoup plus grande que moi. Elle a opté pour des escarpins noirs dont les talons doivent bien mesurer 15 cm. Ses bijoux argentés scintillent comme des diamants et pour couronner le tout, elle empeste le parfum, mais l'odeur est agréable. Quant à Alex, elle porte une simple combinaison noire sans tralala.

— Bonjour, tout le monde, dit-elle tout enthousiaste. Allez-y… entrez. Ne prenez pas froid.

— Salut p'tite sœur, pas trop débordée ?

Je lui embrasse la joue.

— Maman et Alex m'ont donné un coup de main et nous nous sommes éclatées comme de petites folles à vous préparer un bon repas.

Elle me sourit puis tourne la tête vers Zoé.

— Oh, Zoé, comment vas-tu, ma chérie ? Tu es rayonnante.

— Merci, dit-elle avant de lui faire la bise. Voici mes parents et mon ami Jamie qui est accompagné de son fils Gabriel.

J'embrasse Alex et tandis que Zoé fait les présentations, j'entre dans le salon où j'aperçois ma mère avec son crétin de petit ami, assis tous les deux sur le canapé, une coupe de champagne en main. Un large sourire éclaire le visage de ma mère. Elle se lève en venant dans ma direction. Elle est élégante dans sa robe noire qui lui arrive aux chevilles. Elle a une nouvelle fois changé de couleur de cheveux. Ils ne sont plus noir corbeau, mais rouge. Cela dit, elle peut faire tout ce qu'elle veut, tout lui va.

Je dépose les cadeaux près de l'énorme sapin blanc qui scintille de mille feux puis l'embrasse sur la joue.

— Bonsoir, maman. Tu vas bien ?

— Oui, mon chéri et toi ? Comment vas-tu ?

— Bien. Merci. Tu es en congé ?

— Oui, jusqu'à dimanche. Le séjour sera court, mais je compte bien profiter de mes enfants. Et comment ça se passe avec Zoé ?

Ma mère est de nature trop curieuse. Elle pose toujours trop de questions.

— Très bien aussi. Elle est adorable.

Adorable quand elle veut, car m'a quand même fait un sale coup lorsqu'elle m'a attaché et qu'elle m'a laissé seul dans la chambre. D'ailleurs, je vais remédier à ça dans peu de temps.

— Je suis heureuse pour toi, mon fils. Tu mérites tellement le bonheur après tout ce que tu as traversé. Dis-moi que Léa te laisse enfin tranquille ?

Léa ? Pourquoi faut-il qu'on parle d'elle ? Putain, mais merde ! Ça commence à me gonfler. Je vais vite abréger cette conversation.

— Je n'ai pas de nouvelles d'elle et je n'en ai plus rien à foutre ! Je ne veux plus qu'on mentionne le nom de cette fille. Maintenant, c'est Zoé qui est dans ma vie. Léa a décidé de faire son chemin sans moi alors qu'elle se débrouille !

Mon cœur se met à battre vite. Je suis en train de bouillir. Il faut que je me calme. Une clope. Putain, oui. J'ai besoin de fumer.

— Ne t'énerve pas, mon chéri. Je sais que tu ne veux plus entendre parler d'elle. Mais dis-moi juste une chose.

Je la regarde perplexe.

— Que veux-tu savoir ?

— C'est toi le père de son fils ?

Bordel ! Je n'en sais rien !

— Non… Ce n'est pas moi. C'est son putain de crétin de patron qui l'a mise en cloque. Je n'ai plus envie d'en parler, maman. Je veux mettre cette histoire loin derrière moi.

— OK, OK, chéri. Je suis désolée. Je n'évoquerai plus le sujet.

Je ferme les yeux pour me calmer puis glisse une cigarette entre mes lèvres.

— Tu fumes toujours autant à ce que je vois, lâche-t-elle avant d'apporter sa coupe à ses lèvres.

Je pose une main sur son épaule et lui embrasse le front.

— Désolé, maman. J'arriverai peut-être à arrêter un jour.

Elle soupire, mais elle ne tente pas de continuer cette conversation puisqu'elle se dirige vers le couloir pour dire bonjour aux autres invités. Je crois qu'elle a compris qu'il fallait me lâcher la grappe.

Diego se lève au moment où je passe devant lui. Qu'est-ce qu'il a l'air ridicule avec son nœud papillon rouge. Sérieux ? Pourquoi a-t-il mis ça ? Certes son costume noir qui pue le fric est pas mal, mais alors ce nœud papillon est un peu de trop. Je crois que je ne vais pas m'en remettre. J'ai envie de me foutre de sa gueule. Toutefois, je me retiens de le faire ou ma mère va me faire une scène.

— Salut, comment vas-tu ? me demande-t-il avant de prendre un sourire narquois.

Mais qu'est-ce que ça peut lui foutre ? Rien à faire, je hais ce mec. Il me répugne.

Il me tend une main flasque.

— Merci, je vais bien, dis-je en retirant ma main rapidement.

Je lui adresse un sourire qui doit ressembler à une grimace puis sors de la maison pour fumer sur la terrasse. Bien évidemment, je ne peux m'empêcher de penser à Léa. J'espère qu'elle n'est pas en danger et que ce connard de Valens lui fout désormais la paix. Mais je n'ai pas ce pressentiment-là. Et pourquoi m'appelle-t-elle aujourd'hui ? Jamais je n'aurais cru une seule fois dans ma vie que j'aurais autant de soucis. Non, je pensais ne plus avoir de nouvelles de cette nana après notre séparation. Et jamais je ne me serais attendu à ce qu'elle me dise que je l'ai foutue en cloque. Ce que je ne comprends pas, c'est qu'elle reste muette comme une tombe, elle ne cherche pas à me réclamer une pension alimentaire et elle n'insiste pas pour faire un test de paternité. Avait-elle manigancé tout ça juste pour se sortir des griffes de son bourreau ? C'est décidé, après les fêtes, j'obtiendrai toutes les réponses à ces mystères. Ça ne peut plus durer longtemps comme ça. Je vais devoir prendre des risques pour tout élucider. Affronter Valens une bonne fois pour toutes. Je me munirai d'un moyen de vengeance en espérant que je ne m'en serve jamais. Ce crétin commence à m'énerver à intoxiquer mes pensées.

J'écrase ma clope puis la jette dans la poubelle avant de rentrer. Alicia et Seb viennent d'arriver. Ils ont les bras chargés de cadeaux et de plats recouverts d'aluminium. Juliette et Alex les débarrassent tandis que ma mère leur fait signe de prendre place à table où se trouvent Zoé et ses parents. Pourquoi Jamie s'est-il installé à côté de ma belle ? Et que peuvent-ils se dire pour qu'elle se mette à rire aux éclats ? Je déteste ça. Oui, je suis jaloux, mais Zoé est ma nana, ma tigresse, et je sais qu'elle attire le regard des hommes. De plus, elle est très élégante dans cette robe rouge qui lui va à merveille. J'aime quand elle porte cette couleur. Elle m'éblouit les pupilles. J'ai toujours l'impression de voir de petits cœurs devant ma vision lorsque je l'admire.

Je m'approche de Seb et Alicia tout en jetant un coup d'œil à Zoé. Son visage s'éclaire comme l'aurore lorsqu'elle m'aperçoit. Si belle. Elle me sourit, montrant ses dents d'un blanc immaculé. Je lui fais un signe de la main pour qu'elle me rejoigne.

— Eh salut, mec. Comment vas-tu ?

— Bien et toi ?

Je serre la main de Seb puis fais la bise à Alicia qui a opté pour une robe rouge comme Zoé. Mais la sienne est plus courte et plus aguicheuse. Elle met en évidence sa poitrine qui n'est ni trop grosse ni trop petite. Quant à Seb, il est sapé de la même façon que moi, c'est-à-dire, en chemise blanche et d'un jean foncé. Ce n'est pas trop son style. J'ai envie de rire lorsque je le vois habillé comme ça. Mais là, je suis encore un peu sur les nerfs et j'ai besoin de Zoé pour qu'elle soulage cette humeur néfaste qui est venue m'enquiquiner.

— Ça va, mais j'ai cru qu'on n'allait jamais réussir à trouver la maison.

— Ah bon ? Pourquoi ? Ce n'est pas la cambrousse ici pourtant.

— Bah le GPS nous a fait passer par des petits chemins et on a failli se retrouver dans les bois.

— Ouais… tu dis ça parce que tu voulais profiter d'Alicia.

Je joue des sourcils puis ris. C'est vrai que c'est la première fois qu'il vient ici. Juliette habite cet endroit depuis peu de temps.

— N'importe quoi ! Je te jure, toi !

Il lève les yeux au ciel, ce qui me fait encore plus marrer.

— Bah il faut le remettre à jour de temps en temps.

— Il est à jour ! La prochaine fois, je me débrouillerai sans. Franchement, ça ne sert pas à grand-chose ces trucs-là.

Zoé se pointe devant nous puis dit bonjour à Alicia et Seb. Je la ramène à moi, colle son dos contre mon torse et lui embrasse le cuir chevelu qui sent bon la cerise. L'effluve qu'elle dégage envahit déjà mes sens.

— Je t'aime, lui chuchoté-je au creux de l'oreille.

Elle incline la tête vers la mienne, les joues rougies. Elle me dévisage posément.

— Tu vas bien ? me demande-t-elle en relevant un sourcil.

— Bah oui, pourquoi ?

— Parce que tu me l'as dit d'un air tristounet.

— Je ne m'en suis pas rendu compte. Mais je vais bien ne t'inquiète pas.

Je lui esquisse un demi-sourire, mais son expression sur son visage est restée pareil. Elle ne me croit pas, mais hors de question que je lui en touche un mot maintenant.

— Viens, on s'éclipse deux secondes. Tu vas me dire ce qui te tracasse.

— Il n'y a rien qui me tracasse.

Elle se dégage de mon étreinte pour me faire face. C'est à ce moment-là que Seb et Alicia rejoignent les autres invités, là où ma sœur a dressé une table où le blanc et le rose dominent. La vaisselle est très raffinée et les bougeoirs ainsi que les guirlandes lumineuses apportent une touche féerique. Une belle déco de nanas.

— Adrian ! Parle un peu !

— Mais je n'ai rien à dire.

Elle croise les bras sur sa poitrine et me regarde sévère. Même en prenant cette expression, elle est hyper jolie.

— Bien sûr… je vais te croire.

— Bah oui, crois-moi.

Elle lève les yeux au ciel.

— Allez… dis-moi ce qui se passe, s'enflamme-t-elle.

Je la ramène à moi, dégage sa tresse derrière sa nuque pour y poser ma main qui tremblote. Décidément, ma nervosité me trahit.

— Que veux-tu que je te dise hormis que tu es belle et que je veux que tu me donnes ta bouche ?

J'approche mes lèvres des siennes, mais elle tourne le visage.

— Quel remerciement. Tu as tes règles ou quoi ? Zoé…

Non, je sais qu'elle n'a pas ses règles, mais elle devient agaçante.

Elle me fixe droit dans les yeux. Ses iris sont devenus sombres.

— Je te connais, Adrian ! Je sais quand quelque chose te tracasse. Je le vois dans tes yeux. Alors tu me dis tout de suite ce qui ne va pas ou je ne me mets pas à côté de toi à table.

Elle me menace avec son doigt. Il va finir par se retrouver entre mes lèvres si elle continue comme ça.

— Quel chantage, mademoiselle Simon ! Ce n'est pas très beau de faire ça.

Elle se pare d'un masque de tueuse. OK, je vais devoir lui en toucher un mot où la soirée va déraper. Et ce n'est pas ce que je veux, car je lui ai réservé une surprise.

Ma mère passe devant nous avec un plateau de petits fours dans les mains au moment où j'allais dire à Zoé que Léa m'avait appelé.

— Eh les amoureux. Que faites-vous ? Allez… venez avec nous. On va boire l'apéro.

Un sourire accompagne ses propos et Zoé la suit en soupirant exagérément. Et bien sûr, elle a décidé de me faire enrager puisqu'elle s'assied entre Jamie et Diego. Putain ! Elle va me foutre en rogne. Je n'ai pas le choix de me mettre face à elle, à côté de ma mère et d'Alicia.

Dès que je m'installe, je me racle la gorge pour attirer son attention, mais elle fait exprès de ne pas m'entendre.

Non, tout ce qu'elle a trouvé de mieux à faire est de parler avec Jamie. Qu'est-ce qu'ils se racontent bon sang ? Je n'entends rien à cause de ma mère qui parle trop fort. Je n'ai pas confiance en lui non plus. Je me souviens très bien de la fois où il lui avait envoyé un message et qu'il l'avait appelée « ma belle ». La soirée commence vraiment mal, mais elle a le don pour me faire bouillir. Et je sais que ça l'amuse, car elle me regarde discrètement pour voir ma réaction. Je ne sais pas combien de fessées je vais lui mettre, mais je risquerai de laisser ma main sur son petit fessier un bon bout de temps.

***

Une heure plus tard.

Soit je fume une clope, soit je bloque Zoé dans un coin pour lui mettre une fessée. Où je tire sur sa jolie tresse rousse en le prenant très fort contre un mur. J'hésite, mais je crois que la solution numéro un sera la plus appropriée. Elle va me rendre fou. Elle ne m'a pas adressé la parole depuis qu'on est à table. Tout ce qu'elle sait faire, c'est discuter avec ce fameux Jamie jusqu'à en rire aux éclats. Je ne sais pas ce qu'ils peuvent bien se raconter puisque Seb a changé de place avec Alicia pour me parler boulot. Sympa la soirée ! Apparemment, il a été contacté pour faire un shooting photo d'ici un an pour un évènement de grande taille. Un mariage d'un député. Quelle classe ! Le petit studio qu'il tient commence à se faire un nom et j'en suis très heureux.

J'avale la dernière gorgée de ma vodka avant de mettre mon cuir. Tout le monde a l'air de s'éclater ici hormis

Diego qui ne fait que boire whisky sur whisky, me donnant l'impression qu'il noie son ennui dans l'alcool. Je l'ai à l'œil de temps de temps. Qu'il ne pose même pas une sale patte sur ma tigresse ou je l'étripe.

J'insère une clope entre mes lèvres tout en me dirigeant vers la porte-fenêtre qui mène à la terrasse. En passant devant ma sœur qui est assise à siroter tranquillement sa vodka orange, je lui chope le visage d'une main, retire ma cigarette de ma bouche et lui lèche la joue. Ça faisait bien longtemps que je l'avais emmerdée et ça n'a pas l'air de lui plaire puisqu'elle m'assène d'une claque sur le bras en hurlant.

— Mais t'es vraiment écœurant !

— Je sais…

Elle a les joues d'un rouge flamboyant. Je me marre et continue mon chemin.

— Ah au fait… tiens, m'interpelle-t-elle.

Je fais un pas en arrière. Elle me donne une clef. La clef du bonheur qui fera briller les yeux de Zoé cette nuit. Ma petite surprise. Enfin… si elle arrête son cinéma.

— Merci sœurette.

— De rien et… amuse-toi bien.

Je lui souris et glisse de nouveau ma clope entre mes lèvres.

Il fait frais lorsque je mets le pied dehors. De petits flocons virevoltent dans le ciel et semblent déjà tenir au sol. J'allume ma clope et fais quelques pas sur la terrasse pour me réchauffer. De la musique se met soudainement à résonner. Par la porte-fenêtre, j'aperçois Alex et ma mère qui dansent dans le salon. Jamie vient dans ma direction tout en enfilant sa doudoune noire.

— Putain, il caille.

Dois-je lui répondre ou me taire ? J'ai bien peur d'être désagréable si je lui adresse la parole.

Je fais semblant de ne pas l'avoir entendu puis tourne la tête en recrachant en l'air la fumée de ma clope. Il se met à rouspéter. Il le fait sûrement exprès pour attirer mon attention.

— Eh merde !

Bien évidemment, il a réussi. Qu'est-ce qu'il a à brailler comme ça ?

Je me retourne et me rends compte qu'il trifouille à sa cigarette électronique. Il a plein de produits sur les mains.

— Tu n'aurais pas un mouchoir ? me demande-t-il en avançant vers moi.

Un petit sourire narquois vient se dessiner sur mon visage, mais je ne suis pas si cruel que l'on peut le penser. Je lui donne un paquet de mouchoirs.

— Merci. Quelle idée de m'être mis à la clope électronique ! Je crois que je vais me remettre à la cigarette ordinaire.

Il s'essuie les mains, jette le mouchoir dans la poubelle puis range sa clope électronique dans une des poches de sa doudoune.

— Tiens, lui dis-je en lui tendant mon paquet de clopes.

Je peux être sympa quand même. Il en prend une en me remerciant puis il l'allume tout en contemplant le ciel.

— Waouh ! Si ça continue, on va devoir dormir ici. J'espère que ça ne va pas tenir sur la route. Je n'ai pas envie d'embêter ta sœur.

— J'avoue que ça craint, mais vaut mieux dormir ici que de risquer d'avoir un accident. Tu ne crois pas ?

— Ouais c'est vrai, mais ça m'embête quand même. J'aurais dû penser à mettre des pneus neige, mais il faut dire que je n'en ai pas trop l'utilité par chez moi.

Je prends une latte avant de lui répondre :

— Ici on n'a pas le choix malheureusement. On a plus de mauvais que de beau temps. C'est un peu décevant. L'été qu'on a passé n'a pas été très glorieux. On a souvent eu de la pluie.

— Et nous c'est tout l'inverse. Parfois il fait si chaud que ça en devient irrespirable.

— En gros… on n'est jamais content.

— Ça, c'est bien vrai.

Nous nous mettons à rire. Mais pourquoi je ris, moi ? Je dois me rappeler que ce mec était en train de discuter avec ma nana sans prendre la peine de lever un œil sur moi. Bon OK, je dois admettre qu'il n'a pas l'air d'être un connard. Du coup, j'ai bien envie d'engager la conversation pour voir un peu à qui j'ai à faire.

— Et qu'est-ce que tu fais dans la vie ?

— Je suis moniteur d'auto-école. D'ailleurs, Zoé m'a dit qu'elle aimerait que je lui apprenne à conduire un de ses quatre.

Mais bien sûr et puis quoi encore ? De plus, elle ne m'a jamais dit qu'elle avait envie de conduire. C'est nouveau ça.

Je relève un sourcil.

— Ah bon ? Quand t'a-t-elle demandé ça ?

— À l'instant. Elle m'expliquait comment les gens circulaient dans la capitale, que ça lui faisait peur et qu'elle désirait apprendre à rouler tranquillement dans une ville sans qu'un automobiliste lui hurle dessus comme le font généralement ceux qui habitent Paris.

C'est vrai qu'elle n'a pas tort. C'est souvent dangereux de conduire ici. Plus d'une fois, je me suis fait klaxonner parce que je n'avançais pas assez vite à leur goût. Et ne comptons pas le nombre de fois également que je me suis fait accrocher ma caisse. Vaut mieux prendre les transports en commun, mais ce n'est pas le top non plus. On tombe parfois sur des gens bizarres.

— Et toi… tu es photographe ?

— Ouais, c'est ça.

J'écrase ma clope à terre et la jette dans la poubelle.

— Apparemment tu as l'air de faire du bon boulot. Zoé m'a vanté un peu tes talents.

— Ah ouais ?

Tiens donc, ils ont parlé de moi ?

— Ouais… elle m'a même raconté une anecdote.

— Une anecdote ?

Il ricane.

— La fois où une gamine s'est mise nue dans ton studio.

Oh ! Mon Dieu ! Je m'en souviendrais toujours de celle-là.

— Ouais… Je reçois de drôles de phénomènes parfois.

Je lui souris pour la première fois de la soirée, mais mon cœur a un raté lorsque je regarde par la porte-fenêtre. Je vais faire un meurtre. Pourquoi Zoé danse-t-elle avec Diego ? Elle est bourrée ou quoi ? Il a ses sales pattes sur sa taille. Et ses nichons nos collés sur ton torse ! Putain ! Je vais la tuer et lui aussi !

— Je te laisse, j'ai un truc à régler.

La mâchoire contractée, j'ouvre la porte et me précipite vers eux. Je crois qu'elle va en entendre parler. Elle n'aurait pas dû faire ça. Et lui non plus ! Je vais lui faire avaler son nœud papillon.

Chapitre 11
« Unchained melody »
« Mélodie déchaînée »
(The Righteous Brothers)
Partie 1

Zoé

Je vais me faire tuer ! Adrian se dirige droit devant moi, bouillant de rage. Et zut !

— Putain ! Qu'est-ce que tu fous ? demande-t-il à Diego en lui adressant un regard venimeux.

Les muscles de mon ventre se crispent.

— Dégage tes sales pattes de ma meuf ou je t'étripe ! aboie-t-il tout en me prenant la main brusquement.

Je lui fais les gros yeux :

— Mais arrête, Adrian. Tu es fou ou quoi ?

Il est rouge betterave.

— Fou ?

Il ricane nerveusement. Je me sens honteuse. Tous les yeux sont rivés sur nous. Que vont penser mes parents ?

— Quel est le problème ? demande Diego.

— Toi ! pointe du doigt Adrian sur son torse. Tu fous la paix à ma meuf. Je ne veux pas que tu t'en approches ! Tu as compris ?

Ils vont s'entretuer ! Diego bout également de rage. Ses pupilles sont aussi sombres que la nuit.

Fais quelque chose, Zoé !

— Qu'est-ce que j'ai fait ? Vas-y, dis-moi ! s'impatiente Diego en avançant son visage vers celui d'Adrian.

Si je n'interviens pas tout de suite, ça va être un carnage. Et tout ça, ce sera à cause de moi !

— À ton avis ? Tu crois peut-être que j'ai besoin de te le dire ?

Un silence s'installe pendant quelques secondes lorsque leur regard s'affronte. C'est à ce moment-là que je décide d'emmener Adrian loin de cette pièce. Cependant, il ne bouge pas d'un poil quand je lui tire le poignet.

— S'il te plait, Adrian… Viens avec moi.

Il ne me répond pas. OK, je vais hausser la voix :

— Adrian ! Ça suffit maintenant. Il faut qu'on discute !

Il tourne son visage vers le mien. Ses yeux sont toujours aussi sombres.

— C'est le réveillon de Noël aujourd'hui, ne l'oublie pas.

Il souffle, mais finit par mentionner un « OK ».

Je lui prends la main et l'emmène vers le couloir. Il va falloir qu'il m'explique pourquoi il a une dent contre lui. Diego n'a pas l'air d'être méchant.

— Tu vas te calmer un peu ? Diego n'a rien fait alors, pourquoi t'énerves-tu comme ça ?

Il me lâche brusquement la main, prêt à mettre un coup de poing dans le mur, mais il se ravise en sortant son paquet de clopes de son cuir.

— Arrête de jouer à ça, Zoé ! Tu sais que ça ne me plaît pas !

Il me fixe droit dans les yeux puis se dirige vers la porte d'entrée. Il la claque d'un coup sec derrière lui. Oh non ! Il ne va pas s'en sortir si facilement. J'ai aussi mon mot à dire et je vais lui montrer que je n'ai pas aimé le ton qu'il a employé.

Je sors à mon tour et le découvre dans l'allée en marchant d'un pas ferme vers sa voiture. Je cours afin de le rattraper et lorsque je lui fais face, j'éjecte la cigarette qu'il avait entre les lèvres. Elle atterrit directement à terre. Sans plus attendre, je l'écrase avec mon talon et fixe mes poings sur mes hanches en le scrutant de mon plus beau regard de ténébreuse.

— Maintenant tu vas m'expliquer pourquoi tu as autant de haine contre ce pauvre type !

Il ricane amèrement tout en passant une main dans ses cheveux puis ressort son paquet de clopes de son cuir. Ses yeux sombres débordent de rage.

— Tu parles d'un pauvre type !

— Tu as envie de crever à trente ans ou quoi ?

Je lui arrache son paquet de clopes et l'écrase entre mes doigts sans le lâcher du regard, lui montrant la hargne que je possède également.

— Rends-moi ça, Zoé. Arrête de prendre sa défense. Pourquoi dansais-tu avec lui ?

Il me reprend le paquet furieusement.

— Parce qu'il me l'a gentiment demandé. Qu'est-ce qu'il y avait de mal ?

Il soupire puis m'attrape le poignet.

— Je t'expliquerai plus tard. Tu vas prendre froid. On retourne à l'intérieur.

Je fais non de la tête, dégage sa main et croise les bras sur ma poitrine. Je veux des explications. Et il faut qu'il se calme. Je ne veux pas que la soirée se finisse en bagarre.

— Mais qu'est-ce que tu es butée comme nana ! Je n'ai pas envie de me fâcher, mais je t'avais dit ce que je pensais de lui. Il a dragué ma sœur l'année dernière et il ne s'est pas gêné pour lui mettre les mains aux fesses et vouloir l'embrasser. Je ne veux pas qu'il s'amuse à ça avec toi. C'est pour ça que je le déteste et à cause de lui, je dois tout garder secret, car Juliette ne veut pas que j'en parle à ma mère. Tu comprends maintenant pourquoi je suis tellement en rogne contre lui ?

Je me sens bête, mais je ne savais pas qu'il avait été si loin.

— Oui, je comprends Adrian. Je suis désolée. Diego n'a pas été méchant avec moi. J'ai été prise de court lorsqu'il m'a invitée à danser. Crois-moi, je ne voulais pas te mettre en colère.

— Je vais devoir parler de tout ça à ma mère. Je ne sais pas comment je vais lui dire, mais il le faut.

— Il suffit juste que tu emploies les bons mots pour ne pas la blesser. Essaie de ne pas te fâcher avec elle. C'est précieux une maman. Moi, je ne saurais jamais me disputer avec la mienne. Elle m'apporte beaucoup de conseils et elle a toujours été là pour moi.

Oui, heureusement qu'elle est là. Elle n'est pas ma mère biologique, mais elle représente beaucoup pour moi. Elle a toujours été ma vraie maman à mes yeux.

Je me rapproche de lui et pose ma main sur son épaule.

— Et dis-moi aussi ce qui te tourmente. Je vois bien que tu as un souci.

Il range son paquet de clopes dans la poche de son cuir sans prendre la peine d'en allumer une puis me serre contre lui.

— Ne m'en veux pas. Si j'ai gardé le silence, c'est parce que je veux passer une bonne soirée avec toi. J'en ai marre de toutes ces chamailleries. Je suis fatigué en ce moment à cause de toutes les histoires qu'on a eues.

Je pose mes lèvres sur les siennes avant de lui répondre :

— Je sais… on va essayer d'oublier tout ça.

— Si seulement, on pouvait le faire.

Je le regarde, perplexe. Pourquoi dit-il ça ?

— Pourquoi ? On peut…

— Je ne sais pas, me coupe-t-il. J'ai envie qu'on oublie tout ça, mais Léa a encore essayé de me joindre.

Je savais que quelque chose le taraudait.

— Et qu'est-ce qu'elle voulait ?

— Je n'en sais rien. J'ai raccroché.

— Et elle n'a pas essayé de te recontacter ?

Il hausse les épaules.

— J'ai éteint mon téléphone, je n'ai pas envie qu'elle me dérange toute la soirée. Je m'occuperai d'elle plus tard, mais là, je veux qu'on rentre, car tu vas choper un rhume. Regarde… tu es trempée.

Il me désigne du menton mes bras qui sont humides à cause de la neige qui tombe à gros flocons.

— Allez, viens… je vais te montrer quelque chose.

Je fronce les sourcils.

— Quoi donc ?

— Une surprise.

Il me libère de son étreinte puis me tend la main.

— Il y a un petit chalet en bois là-bas sur le côté de la maison. Ma surprise t'attend là-bas.

— Et pourquoi une surprise ?

— À ton avis ?

Il me sourit et je ne peux m'empêcher de l'imiter. Je pense qu'il veut faire allusion à mon anniversaire qui aura lieu dans quelques heures.

— OK… emmène-moi vers ta surprise alors.

Nous nous mettons à courir vers le lieu en question main dans la main tout en passant dans l'herbe mouillée.

Mes talons s'enfoncent dans la terre, ralentissant mes pas. Me voyant galérer, il s'arrête puis me porte comme une mariée. Je me laisse mener tout en protégeant mon visage dans son cou. Je ne sais pas ce qu'il a prévu comme surprise, mais je suis déjà ravie. Je pense qu'il va falloir que j'arrête de jouer la tigresse, car Adrian fait tout pour me rendre heureuse. Mon mauvais caractère me joue souvent de drôles de tours.

Il me dépose délicatement sur le sol lorsque nous arrivons à destination, devant un petit chalet décoré d'une guirlande lumineuse blanche puis il extirpe une clef de la poche de son jean.

— Je devais t'emmener ici seulement demain, mais vu les circonstances, je préfère déjà te montrer un petit aperçu. On reviendra un peu plus tard dans la soirée.

— Pourquoi revenir plus tard ?

Il fait mine de réfléchir en regardant le ciel sombre.

— Hum… tu as raison. On va en profiter maintenant. Après tout… c'est la fête.

Il joue des sourcils, ce qui me fait penser qu'il a une idée tordue derrière la tête.

— Tu penses au sexe, c'est ça ?

Il pointe son index vers son torse en relevant les sourcils.

— Qui, moi ?

Je ris.

— Oui, toi, dis-je en lui ébouriffant les cheveux.

— Tu me connais trop bien maintenant, mademoiselle Simon.

— Non, mais t'es pas sérieux ? Tu veux vraiment me faire l'amour dans un abri de jardin ?

— Bah… oui !

Je roule des yeux.

— Quel romantisme !

— J'ai toujours rêvé de te faire prendre ton pied sur une tondeuse à gazon.

Il sourit de toutes ses dents, ce qui me fait pouffer de rire.

— Ça doit être super confortable.

— Eh bien pour le savoir… entre ! Si on reste dehors, on va choper la crève.

Il a raison. Je n'ai pas envie de passer mes vacances dans mon lit, emmitouflée dans une couverture. Mais là, j'imagine le pire. Qu'est-ce qu'il me réserve encore ?

Il ouvre la porte en me faisant signe de la main de m'y engager en premier. Mes yeux s'illuminent immédiatement comme des étoiles scintillantes lorsqu'il appuie sur l'interrupteur. Je pensais voir une pièce avec tout de sorte de matériel de jardinage, mais c'est bien plus beau et féérique. Je comprends mieux son excitation de vouloir m'emmener ici. Un lit à baldaquin en bois trône au milieu de la pièce, drapé de voiles roses et blancs. De nombreuses boules dans les mêmes tons sont accrochées au plafond. J'aperçois sur ma gauche une commode de couleur ocre garnie de décorations de Noël ainsi que d'une mini-chaîne hifi. Et sur ma droite, il y a un sapin d'à peu près 1 mètre 50 habillé de plumes blanches. J'ai l'impression de me croire dans une petite maison de vacances à la montagne.

— Cet endroit est magique.

— Et après on dira que je ne suis pas romantique, n'est-ce pas ? me chuchote-t-il en m'enlaçant contre lui, son torse appuyé contre mon dos.

Ses cheveux mouillés me chatouillent le visage lorsqu'il m'embrasse dans le cou. Il me retourne pour que je le regarde.

— Tu as froid, Zoé. Ta bouche est toute bleue. Je vais te la réchauffer.

Un petit sourire vient étirer ses lèvres avant qu'ils les posent sur les miennes. Les siennes aussi sont gelées, mais ça ne me dérange pas.

— Alors tu es prête pour une nuit de folie ?

— On ne va quand même pas rester ici toute la soirée ?

— Bien sûr que si.

Je lève les yeux au ciel.

— Adrian… t'es vraiment incorrigible.

— Juste une heure. Allez, on s'en fout des autres. Passe un peu de temps avec moi, me supplie-t-il en prenant une voix trop sexy à mon goût.

Bien évidemment, il me fait fondre.

Il me ramène à lui et m'embrasse le front. Ce n'est vraiment pas raisonnable de rester ici, mais j'avoue que j'aime sa surprise et je sais qu'il attend que je le récompense.

— OK, tu as gagné. Je n'ai pas envie qu'on passe la soirée à se disputer pour des broutilles. Je suis déjà fan de ta surprise et je me demande si ce lit est confortable.

Je n'ai pas besoin de le répéter une deuxième fois. Ses yeux s'enflamment, me prouvant qu'il m'a réservé un très joli programme.

Il me fait reculer contre le lit.

— Ce que je veux, Zoé… c'est te faire plaisir.

Il me fait basculer sur le matelas, ce qui fait accélérer mes pulsations cardiaques.

— J'ai envie de t'attacher et de te faire plein de choses bien sympathiques.

Je ris.

— Oui, donc dis plutôt que tu veux te faire plaisir.

— Oui, c'est vrai.

— Mais, tu n'as pas de chance. Tu n'as rien pour m'attacher.

Il me lance un regard espiègle. Oh ! Le p'tit con ! Il a tout prévu.

— J'ai tout ce qu'il faut. Je vais te faire l'amour comme un prince ce soir.

— Comme un prince ?

— Ouais…

Je ris.

— Comme un prince déchaîné. Je t'aime, ma chérie et que la fête commence. Joyeux anniversaire.

Il grimpe sur moi comme un félin et m'allonge contre le matelas. Mon cœur se met à battre la chamade. Il ne me laisse pas le temps de dire quoi que ce soit, qu'il pose ses lèvres fiévreuses sur les miennes et ouvre la bouche pour faire danser sa langue contre la mienne. Je plonge mes mains dans ses cheveux comme je le fais souvent. Mon corps réagit immédiatement. Il m'emporte dans un baiser qui me fait de l'effet jusqu'à mon intimité. Il m'embrasse plus profondément, ce qui me laisse échapper un petit gémissement. Les baisers d'Adrian sont vraiment trop aphrodisiaques et je ne saurais plus m'en passer.

— J'aime quand tu gémis dans ma bouche, c'est si sexy.

Je ne réponds pas, car je reprends possession de ses lèvres. Je lui montre également que le désir est en train de me consumer. Voilà comment Adrian arrive à faire chasser la colère qu'on avait tous les deux il y a à peine dix minutes. Mon magicien.

— Quelle excuse vas-tu trouver à nos invités pour notre absence ?

Il fait mine de réfléchir en fixant le mur devant lui pendant quelques secondes :

— Je leur dirai simplement que je faisais l'amour à la femme de mes rêves.

Je lui fais les gros yeux.

— Ne me dis pas que tu vas leur dire ça ?

— Bien sûr que si. Que veux-tu que je leur dise d'autre ?

— T'es vraiment pas possible, Adrian !

— Je sais… et c'est pour ça que tu m'aimes.

Il penche la tête pour mordiller mon oreille puis fait courir ses mains le long de mes bras, glissant au passage les bretelles de ma robe sur mes épaules.

— Tu es si belle. Mais je veux te voir nue maintenant. Tourne-toi pour que je puisse t'enlever cette robe.

— Attends… laisse-moi retirer mes chaussures avant.

— Laisse-les.

Je pouffe de rire.

— T'es pas sérieux ?

— J'ai une tête à ne pas être sérieux ?

— Tu n'es jamais sérieux, Adrian !

— Oui, mais là j'y suis. Allez… retourne-toi. Je veux te voir nue avec simplement ces chaussures. Et… j'ai envie de te mettre une fessée, ça me démange trop depuis qu'on est arrivé ici.

— Et pourquoi ?

— Parce que tu as de jolies fesses.

Je ris tout en me positionnant à quatre pattes. Il abaisse immédiatement la fermeture éclair de ma robe puis fait errer ses doigts le long de ma colonne vertébrale.

Un frisson me submerge. Je l'aide à m'en débarrasser complètement, me retrouvant simplement en culotte.

— Tu veux que je te fasse l'amour maintenant ? me demande-t-il en empoignant ma tresse pour me faire pencher la tête en arrière.

— Oui, soufflé-je, hypnotisée par ses beaux yeux bleus.

Il me lance un regard de braise avant de m'embrasser la mâchoire. Il remonte jusqu'à ma bouche puis y dépose un petit baiser chaste. Il laisse échapper un grognement.

— Je veux que tu restes comme ça. OK ? Tu ne bouges pas. Je reviens tout de suite. Tu es à moi ce soir.

Il m'embrasse le bout du nez avant de se lever. J'incline la tête pour le regarder. Il ferme la porte à clef puis ramasse son cuir. Mon cœur s'énerve de plus belle lorsqu'il trifouille dans une ses poches. Je comprends pourquoi il vient de me dire que je suis à lui quand il en sort des menottes. Je me demande si je ne devrais pas prendre la fuite. J'espère qu'il ne prépare pas une vengeance du fait que je l'avais laissé seul la dernière fois, menotté avec pour simple compagnie la chanson de « Kiss ».

— Tu en caches des choses dans tes poches.

— Oui, mon deuxième prénom c'est Joe et le troisième c'est Mary Poppins.

Me voilà à rire encore une fois.

— Tu vas vraiment m'attacher ?

— Tu sais bien que je ne fais pas les choses à moitié.

Il regrimpe sur le lit, s'assied derrière moi et m'attire contre lui tout en relevant mon buste.

— Donne-moi ton poignet, me chuchote-t-il avant de me mordiller mon oreille.

— Je voulais te faire ma petite représentation sur « Kiss ». On peut inverser les rôles ?

— Inverser les rôles ? Non, je ne crois pas. Je m'en fiche de ta petite représentation sur « Kiss ». Je m'occupe de toi ce soir, alors donne-moi ton poignet.

J'hésite un instant, mais j'obtempère en levant un bras timidement devant lui. Je ne sais pas ce qu'il me réserve et je dois avouer que j'ai un peu la trouille. Je sais qu'il serait capable de se venger. Mais il ne va pas le faire, n'est-ce pas ?

Je déglutis lorsqu'il me le menotte.

— C'est bien. Je vais pouvoir faire de belles choses avec ton corps.

Il attache l'autre extrémité des menottes aux barreaux du lit. Je suis prisonnière et là je prie vraiment pour qu'il ne me laisse pas seule dans ce chalet. Et comme s'il avait lu dans mes pensées, il me murmure en posant une main sur mes fesses :

— Tu as peur que je t'abandonne c'est ça ?

— Non, dis-je d'une voix hésitante.

Il ricane. Je n'ai pas envie de lui montrer qu'il a raison.

— Tu mens. Et…

Et ? Pourquoi ce silence tout d'un coup ? Mon cœur se met à battre la chamade.

— Et quoi Adrian ? Parle !

Il rit de plus belle. Il va carrément me rendre folle.

— Et… tu as raison d'avoir peur. Tu vas en voir de toutes les couleurs.

Et sur ces derniers mots, il baisse ma culotte et claque sa main sur mon fessier. Je bondis.

— Bon anniversaire, chérie.

Il m'embrasse dans le cou avant de sortir du lit. Je tourne la tête vivement pour voir où il va. Il attrape son cuir, se l'enfile et se dirige vers la porte. La panique me submerge. Il va le faire, j'en suis certaine. Il va me laisser seule.

— Ne fais pas le con, Adrian !

Il pointe son index vers lui.

— Qui, moi ? Jamais ! Tu me connais mal… bébé.

Un sourire espiègle vient se dessiner sur son visage. Je n'aime pas ça du tout.

— Là actuellement, je vais me mettre dans la peau de Joe.

Je crie :

— Ce n'est pas drôle, Adrian. Reviens et détache-moi !

Pourquoi me suis-je laissé faire ?

— Moi je trouve ça drôle. Je t'aime. Bye bye !

Il tourne la clef dans la serrure.

— Adrian ! Non ! Ne fais pas ça !

— Je t'aime. À tout à l'heure.

Je m'en fous de ses « je t'aime ». Je veux qu'il me détache, mais… trop tard ! Il vient de refermer la porte derrière lui. Je suis prisonnière. Il va le payer cher. Je ne compte pas le laisser gagner. Quel p'tit con !

— Tu as raison, dit-il en revenant dans la pièce. Je ne vais pas te laisser seule.

Ouf ! Me voilà rassurée. Il m'a foutu les jetons ! Mais pourquoi ne vient-il pas vers moi ? Non, il se dirige vers la chaîne hifi. Il l'allume et au bout de quelques secondes une musique retentit, celle de « Kiss ».

Il se met à rire puis m'envoie un baiser de la main avant de quitter de nouveau le chalet. Je le maudis ! Ma vengeance sera terrible.

Chapitre 12
« Unchained melody »
« Mélodie déchaînée »
(The Righteous Brothers)
Partie 2

Adrian

Je ne fais jamais les choses à moitié. Certes, elle va me maudire un peu, mais elle me pardonnera dès que je reviendrai. Cette idée m'a traversé l'esprit hier soir. Pendant qu'elle prenait sa douche, j'ai appelé ma sœur pour lui demander si je pouvais occuper cet endroit avec Zoé pendant une heure ou deux. Je veux marquer le coup. C'est notre premier Noël, mais également son anniversaire.

Je n'imaginais pas que la soirée allait commencer par une dispute. Pourtant, j'aurais dû me méfier. Cette nana a mauvais caractère et je sais qu'elle peut réagir au quart de tour. Mais je dois admettre que son petit côté sauvage m'amuse et c'est pour ça que je l'aime tant. Et là, elle a su malgré tout m'apaiser et m'arrêter à temps afin que je ne fasse pas valdinguer mon poing dans la mâchoire de ce crétin de Diego. Putain, mais quel abruti celui-là ! Il sait très bien ce que je pense de lui, mais il a fallu qu'il l'invite à danser. La rage vient de nouveau m'importuner. Il faut que ça cesse. Je ne dois plus songer à lui pour l'instant. Ce n'est pas lui ni Léa ou encore Valens qui viendront perturber mon moment de bonheur avec ma tigresse.

Je rentre dans la maison et claque mes pieds sur le tapis d'entrée pour ne pas parsemer de la neige partout. La musique inonde le salon, les invités dansent et n'ont pas l'air de se soucier de ce qui vient de se passer. Tant mieux ! Je n'ai pas envie de passer mon temps à leur donner des explications. Il faut que je me grouille. Je ne vais pas laisser Zoé nue pendant des heures, attachée aux barreaux du lit sinon elle ne se laissera pas faire.

J'aperçois ma sœur en train de mettre un plat dans le lave-vaisselle lorsque j'entre dans la cuisine. Elle fronce les sourcils dès qu'elle me voit, prête à m'enguirlander. Ses pupilles se noircissent.

— C'est bon, dis-je en passant devant elle, ne me fait pas la morale. Je ne veux pas qu'on me parle de l'autre crétin.

J'ouvre le frigo et sors une bouteille de champagne.

— Tu peux me donner deux coupes s'il te plait ?

Elle me jette un regard glacial, les poings posés sur les hanches.

— Tu vas arrêter ton cirque !

— Quel cirque ?

— Arrête de te foutre de moi, Adrian ! Pourquoi t'es-tu montré en spectacle devant tout le monde ? Tu ne pouvais pas te taire un peu ?

Je lève les yeux au ciel.

— Allez… donne-moi deux coupes ! Ne me remets pas de mauvaise humeur.

Elle souffle en claquant plusieurs fois de suite son talon sur le sol. Elle m'agace. Ah les femmes !

— Je t'ai demandé de me donner deux coupes.

Elle ne bouge pas d'un iota. Elle ne va pas s'y mettre non plus ? OK, si c'est comme ça, je vais le faire moi-même.

J'ouvre un placard qui se situe au-dessus de l'évier et prends les deux premières coupes que je vois.

— Qu'est-ce que tu vas faire avec ça ? Et d'ailleurs où étais-tu ? Et où se trouve Zoé ?

— À ton avis ?

— Ne me dis pas que tu vas…

— Baiser ? Biens-sûr que si.

— Mais tu ne penses qu'à ça. T'es terrible.

— Oui… bon, laisse-moi passer. Elle m'attend et je n'ai pas envie de la faire poireauter encore longtemps. On reparlera du crétin plus tard si tu veux, mais là je veux retrouver ma tigresse.

Elle jette un coup d'œil à sa montre.

— On va attaquer l'entrée dans dix minutes. Vous ne pouvez pas vous retenir un peu ?

Je ris.

— Mets-la de côté pour nous.

— Mais t'es pas sérieux ?

Elle devient rouge tomate.

— Bien sûr que si. J'ai besoin de me retrouver seul avec elle. Si on nous demande, tu n'as qu'à dire que je suis en train de l'emmener au septième ciel.

— Mais t'es con ! Allez… file ! De toute façon, je sais très bien que je ne te ferais pas changer d'avis. Queutard !

— Il faut bien se faire plaisir de temps en temps.

Elle lève les yeux au ciel.

— Ouais… tu m'étonnes. Et au fait…

— Oui, quoi ?

— Tu ne vas pas parler à maman de ce que l'on sait ?

Je serre les lèvres puis je lui avoue :

— Je pense qu'elle doit être au courant le plus vite possible.

— Mais…

Je la coupe :

— Il faut lui dire, Juliette. Elle ne peut pas faire sa vie avec ce connard.

Elle soupire puis voûte les épaules. Je m'approche d'elle.

— Elle ne nous en voudra pas, ne t'inquiète pas.

— Je l'espère. Mais ne lui dis rien aujourd'hui, s'il te plait. On lui en parlera plus tard.

— OK, pas de souci.

Je l'embrasse sur la joue en lui murmurant un « Je t'aime p'tite sœur » avant de sortir de la cuisine.

Quelqu'un m'interpelle au moment où j'ouvre la porte d'entrée. C'est la mère de Zoé. Merde !

— Adrian !

— Oui ?

— Où est Zoé ?

Elle est attachée toute nue dans un lit, madame.

— Euh… elle est…

Qu'est-ce que je vais lui dire ? Je me sens con.

— Elle va bien ? s'affole-t-elle en regardant à droite puis à gauche.

— Ne vous inquiétez pas. Elle va très bien. On revient d'ici une heure.

Ou deux. Tout dépend si votre fille va se laisser faire ou pas.

Elle fronce les sourcils.

— D'ici une heure ?

Elle contemple ce que j'ai dans les mains. Putain ! Je l'aime bien, je la trouve gentille, mais je n'ai pas que ça à foutre. Je dois mettre fin à cette conversation tout de suite.

— Oui, le temps qu'on vous fabrique un petit-fils ou une petite-fille.

Je lui décoche un clin d'œil. Bordel ! J'ai osé dire ça. Elle est rouge pivoine. Je crois que je l'ai choquée.

— Je plaisantais. Ce n'est pas dans nos projets, mais… Je vous promets que je vais bien m'occuper de votre fille pendant une heure.

Je lui souris de toutes mes dents. Elle est bouche bée.

Eh oui, madame, je suis comme ça et je ne changerai pas !

— Je vous laisse. Je n'ai pas envie qu'elle reste seule trop longtemps. Elle va se demander ce que je fais.

Il faut que je la réchauffe maintenant ! Elle doit avoir froid.

Je n'attends pas qu'elle me réponde, je sors vite fait de la maison puis cours jusqu'au chalet, baissant la tête vers le sol afin de ne pas me prendre la neige en pleine figure.

Arrivé devant la destination de mes rêves, j'ouvre la porte tout en calant la bouteille sous mon aisselle.

Zoé me hurle dessus dès que j'entre :

— Je te jure, Adrian ! Tu vas le payer ! Tu n'aurais pas dû faire ça !

Elle est assise sur le lit et essaie de se détacher. Manque de chance pour elle, c'est moi qui ai les clefs.

— Tu me diras merci dans cinq minutes, bébé.

Son visage fulmine. Qu'elle est belle !

— Ne m'appelle pas bébé. Tu m'énerves ! Et ne crois pas que je vais te dire merci ! Tu es en plein rêve.

Je ris de plus belle. Elle se met à soupirer avec emphase.

— Mais bien sûr que tu vas me dire merci. J'ai dit que j'allais te faire l'amour comme un prince.

— Tu ne me toucheras pas !

Comme si j'allais simplement la regarder.

— Popol veut jouer, tu ne vas quand même pas lui refuser ça ?

Elle se met à grogner. Rien à faire, elle déteste quand je donne ce surnom à mon anatomie préférée.

Je pose les coupes et la bouteille de champagne près de la chaîne hifi. J'avoue que j'ai été cruel avec elle, car j'ai laissé en boucle « Kiss ». Mais passons aux choses sérieuses maintenant. Je vais la faire changer d'humeur et je suis certain qu'elle va vouloir rester ici toute la soirée.

Je retire mon cuir, le jette au sol puis ouvre la bouteille de champagne. Je remplis les deux coupes et me débarrasse de mes baskets avant de grimper sur le lit. Elle affiche toujours son petit air de tueuse.

— On va trinquer à ton anniversaire et à notre premier Noël.

Elle tourne la tête vers le mur lorsque je lui tends une coupe.

— Je n'en veux pas de ton champagne !

— T'es pas marrante. Arrête de faire la gueule un peu.

Elle continue de faire la moue. OK, j'ai compris, je vais devoir trouver une autre méthode.

Je sors du lit et dépose les coupes à terre avant de me diriger vers la chaîne hifi. Ma sœur a mis à disposition quelques CD. J'en prends un avec toutes sortes de musique de film et l'enclenche. La première chanson est « Unchained melody ». Ça devrait lui plaire, c'est assez romantique. Qu'est-ce qu'il ne faut pas faire, sérieux !

Lentement, j'ôte les boutons de ma chemise en me mettant face à elle pendant que la mélodie se diffuse autour de nous. Malgré la colère, elle relève la tête discrètement et m'observe à la dérobée.

C'est ça, bébé… Regarde-moi. Tu ne résisteras plus très longtemps.

Je balance ma chemise en l'air puis m'attaque à mon jean. Il se retrouve rapidement en bas de mes chevilles et pour la rendre dingue, je retire également mon caleçon pour lui montrer l'envie que j'ai déjà pour elle. S'ensuivent mes chaussettes avant que je regrimpe sur le lit.

— Et maintenant… tu vas encore me résister longtemps ? lui demandé-je d'une voix mélodieuse.

J'agrippe ses hanches et l'attire contre moi. La voilà allongée sur le matelas. Sa bouche s'ouvre en grand, mais aucun mot n'en sort. Juste son souffle s'accélère.

— Je te veux, tigresse. Je vais te faire vibrer et ne me dis pas non. Je sais que tu en as envie.

Je vais la rendre ivre d'amour.

Je dégage sa tresse et embrasse sa nuque de plusieurs petits baisers tout en remontant vers son menton, puis ses lèvres. Elle n'émet aucune résistance. Je savais qu'elle se laisserait faire. Au contraire, elle plonge sa main libre dans mes cheveux lorsque je lui livre ma bouche. Un bruit tout mignon s'échappe de sa gorge. Je fais tournoyer ma langue contre la sienne. C'est tellement excitant de l'entendre.

— Alors… maintenant tu es d'accord pour que je te fasse l'amour comme un prince ? lui murmuré-je contre ses lèvres.

— Je ne sais pas. Tu n'as pas été gentil avec moi.

Elle me mord la lèvre inférieure. Diablesse ! Je ne sais pas combien de fessées je vais lui mettre, mais elle ne sera pas épargnée.

— Je dois en déduire que c'est un oui ?

Je porte mes doigts à ma lèvre et me rends compte que je saigne. Bien évidemment, ça la fait rire.

— Je crois que je vais te faire boire un peu, ça va te détendre.

— Je n'ai pas besoin de boire. Et je ne t'ai pas dit oui ! Tu mérites une grosse punition pour m'avoir laissée seule et attachée !

Je lui souris en coin. Je mérite une grosse punition ? Eh bien voyons ! Ne se rappelle-t-elle pas qu'elle m'a fait le même coup il y a peu de temps ? Dois-je lui rafraîchir un peu la mémoire ?

— On est quitte comme ça, dis-je en me penchant vers le sol pour attraper une coupe. Tu sais bien que je n'allais pas me laisser faire. Il ne faut pas jouer à ça avec moi.

J'avale une gorgée de champagne puis lui relève la tête afin d'en verser dans sa bouche délicieuse.

— Vas-y bois… bébé.

Elle lève sa main libre, mais je l'intercepte. Qu'elle arrête de me frapper comme ça !

— Ne m'appelle plus bébé ! Tu veux que je te maudisse toute la soirée ?

Elle me foudroie du regard. Je n'ai plus intérêt de la contrarier ou je risque d'en baver quand je la détacherai.

— OK, vas-y tigresse. Goûte à ce champagne et dis-moi s'il est bon.

Elle lève les yeux au ciel, mais finalement elle obtempère. Elle en boit une très longue gorgée.

— Alors ? Tu aimes ?

— Oui… il est bon et maintenant détache-moi.

Je lui esquisse un nouveau sourire en coin.

— Pourquoi es-tu si cruel avec moi, Adrian ?

Je relève un sourcil.

— Cruel ? Je n'ai pas envie d'être cruel avec toi. Je veux te faire vibrer de la tête aux pieds. Tu ne veux pas que je m'occupe de toi ?

Elle rougit. Je sais très bien qu'elle en crève d'envie.

— Alors, mademoiselle Simon… tu veux vraiment renoncer à cette petite surprise que je t'ai prévue ?

Elle vire au cramoisi.

— J'ai tellement envie de toi. C'est dommage de tout abandonner si vite, murmuré-je d'une voix suave.

Je penche la tête pour lui embrasser le cou. Elle se tortille immédiatement tout en laissant échapper un beau son voluptueux. Mon sang s'échauffe. Je veux lui faire comprendre qu'on ne peut pas s'en arrêter là. C'est impossible. Je n'arriverais jamais à faire baisser la tension entre mes jambes. Ma queue est dure comme fer et pour lui montrer que je la désire tellement, je me frotte contre elle.

— C'est quand même dommage de passer à côté de ça. Mais je ne suis pas un pervers, donc je vais te détacher. Je me réjouissais tant de t'emmener au septième ciel. Tu loupes vraiment quelque chose, ma chérie.

Je relève la tête sans la quitter des yeux. Elle essaie de dissimuler son sourire en gainant sa lèvre inférieure entre ses dents. Je reconnais ce regard et je suis certain que si je pose un pied à terre, elle va me dire de remonter dans le lit.

Pour la provoquer un peu, je balaie ma langue sur mes lèvres très lentement. Ses pupilles brillent comme un trésor rempli de lingots d'or. Est-ce que ça lui fait de l'effet ? Va-t-elle me résister ? Je n'ai plus envie de tourner autour du pot. Je me décale, prêt à sortir, et comme je m'en doutais, elle enroule ses doigts autour de mon poignet pour me retenir.

— Non… reste.

Je lui lance un regard victorieux.

— Tu en es certaine ?

— Je ne le dirai pas deux fois.

— D'accord. Alors, amusons-nous.

Je lui souris de toutes mes dents, m'assieds sur ses cuisses, bois une gorgée de champagne et en répands volontairement sur son buste. Elle grimace.

— Pourquoi fais-tu ça ? Je vais coller.

Je ricane, pose la coupe à terre à terre puis chuchote au bord de ses lèvres :

— Je vais arranger ça maintenant.

Et c'est ce que je fais sans plus attendre. J'amène mes mains vers ses seins et les malaxe doucement avant de tournoyer ma langue sur son téton droit. Elle se cambre instinctivement dès que je le suçote. Je fais de même avec son jumeau. Ses pointes se dressent rapidement. Elle est si exquise. Ça la fait gémir. Mon cœur s'affole d'entendre son joli timbre sortir de sa bouche. Cette bouche qui me tourmente sans cesse.

Elle retient son souffle lorsque je glisse ma langue entre ses seins. Je pourrais passer des heures à m'occuper de ce corps si délicieux. Depuis que je la connais, elle est devenue mon passe-temps numéro un. Comment résister à un tel bijou ? Cette silhouette est tellement sublime.

La pression monte rapidement en moi. On va pouvoir enfin s'amuser. Il était temps. Peu importe si je reste des heures ici et que les invités se demandent ce que l'on fait. Je veux que ce premier Noël à deux soit gravé à tout jamais dans sa mémoire. Et dans la mienne également. Je lui ai dit que j'allais lui faire l'amour comme un prince, alors je vais le faire. Je sais tenir mes promesses. Je vais l'emporter tout droit vers les étoiles. Mais tout s'arrête quand un énorme vacarme envahit la pièce. Je sursaute tandis que Zoé se met à crier. Putain ! Qui martèle comme ça à la porte ? J'aurais dû mettre un panneau « Ne pas déranger ».

— Chut ! fais-je en posant mon index sur ses lèvres. Tais-toi, ne fais plus de bruit.

Je peux sentir son cœur qui bat la chamade contre le mien.

Un nouveau tambourinement retentit, mais il est accompagné cette voix-ci d'un hurlement :

— Adrian ! Ouvre !

Ma sœur ! Mais bordel, qu'est-ce qu'elle vient foutre ici ?

— Dégage ! Je suis occupé ! Reviens plus tard.

— Non, Adrian ! Diego a perdu la boule. Il menace les invités avec un couteau. J'ai appelé les flics.

— Oh ! Mon Dieu, s'exclame Zoé. Vite, Adrian. Détache-moi !

— Tout le monde vient de sortir de la maison, mais maman est restée avec lui. J'ai peur, Adrian ! Il faut que tu viennes.

Putain ! Mais je rêve ou quoi ? Qu'est-ce qu'il a encore ce con ? Là, c'est certain, je vais lui montrer toute la haine que j'ai envers lui et il va s'en souvenir un bon bout de temps.

C'est parti, Diego ! Tu vas dégager ta sale gueule de ma famille et tu ne remettras plus jamais un seul pied dans notre vie ! Crétin !

Chapitre 13
«Diego libre dans sa tête»
(France Gall)
Partie 1

Zoé

— Putain, je vais le massacrer !

Je n'ai jamais vu les yeux d'Adrian brûler avec autant de rage. Pourtant ce n'est pas la première fois qu'il se met en colère, mais là je dois avouer qu'il me fout la trouille.

— Non, Adrian ! Ne fais pas ça, je t'en prie !

— Désolé, mais je dois y aller. Ma mère est en danger et je n'ai pas la moindre idée de ce que pourrait faire cette ordure.

Il me détache puis se lève rapidement du lit. La panique me submerge tellement fort que je ressens les battements de mon cœur battre dans mon cou. Comment vais-je faire pour l'en dissuader ? Adrian est aussi borné que moi par moment et je sais que mes mots ne seront pas suffisants. Mais je dois tenter quand même. Je ne veux pas que Diego se serve de son couteau sur lui.

Je le rejoins immédiatement et lui fais face pendant qu'il enfile son jean.

— Je veux que tu restes avec moi. S'il te plait, Adrian… écoute-moi un peu.

Il serre les dents. Je ne sais pas comment m'y prendre pour le calmer hormis de poser une main apaisante sur son épaule.

— Je ne veux pas que tu te battes avec lui. J'ai peur, Adrian ! N'oublie pas qu'il a un couteau.

Il fait non de la tête. Mon cœur s'affole de plus belle.

— Je suis obligé d'y aller ! Je ne peux pas laisser ma mère seule avec cette pourriture. Elle est en danger et mon rôle est de la protéger.

Il s'abaisse pour mettre ses chaussettes ainsi que ses baskets. Sa décision est prise. Je ne pourrais rien faire malheureusement. Je comprends qu'il veut sortir sa mère des griffes de cet homme. Moi-même, je serais la première à protéger la mienne s'il lui arrivait une chose pareille. Pourtant, Diego ne me semblait pas méchant pour deux sous. Certes, j'avais bien remarqué qu'il avait un peu bu, mais je n'aurais jamais imaginé une seule seconde que l'alcool le rendrait aussi fou. Mais que s'est-il passé dans sa tête tout d'un coup ? Pourquoi faut-il qu'il gâche cette fête ?

Je soupire en baissant les bras puis me rhabille. Quelle soirée ! C'est certain que je me souviendrai de notre premier réveillon de Noël. On a vraiment la poisse en ce moment.

— Je reviens dès que le problème sera réglé. Je ne veux pas que tu bouges d'ici, Zoé. OK ?

Il se dirige vers moi et prend mon visage en coupe tout en plongeant son regard sombre dans le mien qui se brouille de larmes.

— Tu as compris ? Tu ne bouges pas ! Tu es en sécurité dans ce chalet. Je reviendrai te chercher dès que j'aurais arrangé la situation.

— Mais…

l pose son index sur mes lèvres.

— Il n'y a pas de « mais ».

Une lueur d'inquiétude traverse son visage et je ne peux m'empêcher de retenir mes larmes. L'angoisse me serre la gorge.

— Ne pleure pas. Je n'aime pas ça. Si je te dis ça, c'est parce que je tiens trop à toi et je ne veux pas qu'il t'arrive quelque chose. Tu es l'amour de ma vie, Zoé. Je crois que je serais prêt à commettre un meurtre s'il touchait à un seul de tes cheveux. Maintenant, tu comprends pourquoi j'ai tant de haine pour ce connard. Je ne le laisserai pas faire de mal à ma mère. Ni à toi ni à ta famille.

J'en ai le souffle coupé. Ces mots me touchent à un point inimaginable. Savoir que je suis l'amour de sa vie me rend encore plus émotive. Non seulement mes larmes ruissellent sur mes joues parce que j'ai peur, mais aussi parce que je l'aime tellement. Même s'il m'a rendue folle en m'attachant au lit.

Un frisson m'envahit dès que ses lèvres caressent les miennes. Il m'embrasse délicatement. Je passe mes bras autour de son cou et l'étreins contre moi. Je ne veux pas qu'il parte, mais je sais que je ne le retiendrai pas plus longtemps.

— Je t'aime, susurre-t-il d'un timbre doux contre mes lèvres.

— Je t'aime aussi, Adrian, mais promets-moi d'être prudent.

— Il ne m'arrivera rien. Je ferai attention.

Un dernier baiser et je le lâche à contrecœur.

Avant de fermer, il me regarde intensément en me murmurant un « je t'aime ». Je lui souffle la même chose, les larmes qui continuent de couler à flots sur mon visage.

Je ne connais pas Diego, je ne sais pas ce qu'il serait capable de faire, mais j'espère qu'il va vite se rendre compte de son erreur et qu'il va se calmer.

Je tourne en rond quelques minutes avant de me chausser puis je quitte ce lieu qui malgré tout restera gravé à tout jamais dans ma mémoire. Ça partait d'une bonne intention de la part d'Adrian. Mon faux romantique. Il m'épate chaque jour. Je sais qu'il va m'en vouloir de ne pas être restée ici, mais j'ai besoin de retrouver mes parents.

Je marche rapidement tout en baissant la tête pour éviter de recevoir la neige en plein visage. J'ai souvent rêvé d'un Noël blanc, mais pas dans de telles conditions. C'est la première fois de ma vie que je passe un réveillon aussi catastrophique. Celui-ci aura été vraiment mouvementé et je suis loin de l'oublier.

J'arrive devant la maison, mais il n'y a personne. Où sont-ils donc passés ? Sont-ils de nouveau rentrés ?

Le cœur qui bat à tout rompre, j'ouvre la porte et entre en trombe. Hormis la musique qui m'explose les tympans, je ne vois aucun signe de vie. C'est une blague ou quoi ? La cuisine est vide, le salon aussi, mais j'aperçois Jamie qui me fait de grands gestes depuis la porte-fenêtre. Je me dirige rapidement vers celle-ci, mais manque de chance, je glisse et me retrouve les fesses sur le carrelage.

Je peste quelques grossièretés tout en prenant mon talon cassé. Super !

— Saleté de chaussures.

Je me relève et tout d'un coup, je sens quelque chose qui m'effleure le dos. Une main. Mais... à qui appartient-elle ? Je me fige tout entier. Est-ce Diego ? Oh ! Mon Dieu ! Je ferme les yeux, le cœur qui palpite. Je crains que le pire reste à venir.

Chapitre 14
« Diego libre dans sa tête »
(France Gall)
Partie 2

Adrian

Elle a de la chance qu'elle est belle et que je l'aime, sinon elle passerait un mauvais quart d'heure. Mais ce n'est pas pour autant que je vais me taire.

— Je ne compte plus le nombre de fessées que je vais te mettre, mais sache que la prochaine fois, tu auras les fesses bien rouges, lui chuchoté-je au creux de l'oreille.

Elle se retourne vivement, les pommettes toutes roses.

— Oh ! Adrian ! Tu m'as fait peur. J'ai cru que c'était Diego !

Elle tente de passer ses bras autour de mes épaules, mais je l'en empêche en lui attrapant les poignets. Je la scrute sévèrement droit dans les yeux :

— Que fais-tu ici ? Je t'avais dit de rester au chalet !

Je soupire. Elle va me rendre fou de ne pas m'obéir.

— Je sais. Mais je ne pouvais pas rester là-bas sans rien faire. Dis-moi si tu as réussi à calmer Diego ?

Je lui prends la main furieusement et la dirige précipitamment vers la porte-fenêtre. Elle se met à crier :

— Arrête ! Je vais tomber.

— Mais tais-toi ! Il va nous entendre.

Elle me regarde, inquiète.

— Pourquoi ? Où est-il ?

— Dans la salle de bains avec ma mère. Je dois aller la secourir maintenant. Donc là tout de suite, tu vas dehors avec les autres !

Bien évidemment, cet ordre ne lui plaît pas. Elle fronce les sourcils en faisant non de la tête. Hors de question qu'elle vienne avec moi.

— Tu vas faire ce que je dis pour une fois ?

J'ai employé une voix menaçante.

— Je viens avec toi.

Je ricane amèrement. Elle se fout de moi ou quoi ?

— Franchement, Zoé ! Tu veux vraiment te mettre en danger ? Tu sais qu'il pourrait s'en prendre à toi ?

Elle fait la moue en croisant les bras sur sa poitrine. Non, mais sérieusement ? Elle plaisante ?

— Allez, arrête ! Va dehors avec les autres le temps que j'arrange la situation.

Son froncement de sourcils s'accentue.

— Je t'ai dit que je voulais venir avec toi ! J'ai trop peur qu'il t'arrive quelque chose et…

Et ? Pourquoi elle blêmit soudainement ? Qu'est-ce qu'elle regarde comme ça devant elle ?

Je me retourne. Devant nous se trouve Diego tenant un couteau dans une main, les yeux injectés de sang. L'adrénaline se met à pulser dans mes veines lorsqu'il vient vers nous. Putain de merde ! Mais qu'est-ce qu'il fout là ? Ma mère ! Où est-elle ? J'espère qu'il n'a pas touché à un seul de ses cheveux !

— Ne t'approche pas !

Je tourne la tête vers Zoé et clame :

— Va dehors tout de suite !

Elle semble pétrifiée, mais pour une fois, elle ne bronche pas. Elle se précipite immédiatement vers la porte-fenêtre.

— Où est ma mère ?

De la bile acide me brûle la gorge. Il s'approche de plus en plus près de moi, mais ce n'est pas son couteau minable qui me fait peur. Il peut me menacer autant qu'il le veut. Je suis certain que je l'étale à terre en moins de cinq secondes. Il est trop ivre et tient à peine debout. Mais ce qui m'inquiète, c'est de ne pas savoir où se trouve ma mère.

— Putain, mais merde ! Tu vas répondre ?

Il marmonne des paroles incohérentes en titubant. Je serre la mâchoire en lui lançant un regard tempétueux. Mes entrailles me brûlent. Il n'attend rien pour payer.

Comme un boulet de canon, je fonce sur lui et lui lance un coup de poing dans le visage. Sa tête valse à l'arrière. Je n'ai jamais fait de la boxe, mais je m'épate. Je devrais songer à m'inscrire à des cours. J'en profite qu'il est à moitié sonné pour lui choper son couteau. Maintenant que c'est moi qui ai l'arme dans les mains, je le menace en le pointant vers sa gorge. Il semble planer, mais ça ne m'empêche pas de lui offrir un regard lourd d'intensité. S'il ne me dit pas où se trouve ma mère, je ne me gênerais pas de le faire souffrir. On ne touche pas à ma famille !

— Tu es une pauvre pourriture. Ma mère ne te mérite pas !

Mon poing valdingue dans sa mâchoire et il tombe immédiatement à terre. Je l'écrase de tout mon poids en m'asseyant sur ses jambes puis je hurle :

— Quelqu'un peut-il m'aider ?

Je jette un coup d'œil vers la porte-fenêtre. Jamie l'ouvre et me rejoint. Finalement, moi qui le détestais tant, je vais réellement finir par l'aimer.

— Cherche-moi un truc pour attacher ses mains et ses pieds, s'il te plait.

— OK.

Il court vers le couloir. Pendant ce temps-là, je pointe mon couteau vers la gorge de ce crétin sans le lâcher des yeux. Je veux lui montrer toute la haine que j'ai pour lui. Moi aussi je vais lui gâcher son réveillon de Noël. De toute façon, il n'a rien à foutre ici.

— Si je vois que tu as touché à un seul cheveu de ma mère, je n'hésiterai pas à enfoncer la lame du couteau dans ta gorge. Alors maintenant tu vas me dire où elle se trouve.

— Salle de bains.

Il se met à rire bizarrement puis tout d'un coup, un haut-le-cœur l'envahit. Il est prêt à vomir. Putain de merde ! Trop tard. On dirait qu'il va s'étouffer ce con. Malgré la rage qui bouillonne en moi, je fais pivoter son visage sur le côté. L'odeur me répugne et me donne la nausée. Mais, combien de whisky a-t-il bu pour être dans un état aussi pitoyable ?

— Tiens, me dit Jamie en courant vers moi avec deux foulards dans les mains. Tu peux l'attacher avec ça.

— Impeccable. Attache-lui les poignets, je vais faire de même à ses chevilles.

Il hoche la tête et se met rapidement à l'œuvre. Je jette le couteau et prends le foulard que Jamie a jeté à terre. En moins de deux, il se retrouve ligoté, ficelé comme un rôti.

— Surveille-le et fais rentrer les invités. Ils vont prendre froid à rester dehors. Il ne menacera plus personne maintenant.

Tandis qu'il court jusqu'à la porte-fenêtre, je ramasse le couteau, le pose sur la table basse et cavale vers l'étage. Je longe tout le couloir, le cœur battant la chamade.

Je remarque que la porte de la salle de bains est grande ouverte.

Je rentre en fouillant des yeux toute la pièce et découvre ma mère assise dans un coin, près de la baignoire en angle, serrant ses genoux contre elle. Elle sanglote.

— Maman !

Elle relève la tête dès qu'elle entend son prénom. Son maquillage a coulé, laissant des traces noires sur ses joues.

— Tu n'as rien ? demandé-je en m'accroupissant devant elle.

Elle fait non de la tête. Mais c'est plus fort que moi, je lève ses bras pour l'inspecter dans les moindres détails. Je vérifie sur son ventre, son cou, sa tête. Rien. Je suis soulagé qu'il n'y ait pas de sang.

— Où est Diego ?

— Dans le salon, mais il ne risque plus de bouger. Nous l'avons attaché. Que faisais-tu seule avec lui ? S'il est violent avec toi, maman, tu dois me le dire !

— J'essayais de le raisonner. Il est peut-être ce qu'il est, mais il n'est pas violent. Je suis… vraiment désolée, bredouille-t-elle en me tendant les bras.

Je la serre contre moi. Elle niche directement sa tête dans mon cou en versant toutes les larmes de son corps. Je lui caresse le dos chaleureusement pour l'apaiser.

— Ce n'est pas ta faute, lui chuchoté-je. Tu ne pouvais pas savoir qu'il allait réagir comme ça.

Je l'embrasse sur le crâne. J'ai eu si peur qu'il lui arrive quelque chose. La sentir contre moi me fait tellement du bien.

— Il a tout gâché.

Malheureusement, je ne vais pas lui dire qu'elle a tort. Il vient de briser la magie des fêtes.

— Je savais qu'il finirait un jour ou l'autre par vous montrer sa vraie nature.

Elle se dégage de mon étreinte et essuie ses yeux avec la paume de ses mains. Je lui lance un regard incompréhensif pour qu'elle m'en dise davantage.

— Raconte. Je veux tout savoir.

Elle pose une main sur mon épaule, le regard triste.

— Je pensais qu'il se serait tenu, mais il a trouvé refuge dans l'alcool depuis quelques mois.

— Mais pour quelle raison s'est-il mis à boire ?

Elle appuie une main au sol pour se relever. Je me lève à mon tour et enroule mes doigts autour de son poignet pour l'amener devant le double lavabo en marbre beige.

— C'est depuis qu'il a appris que sa mère avait un cancer. Il n'est plus pareil depuis ce jour-là. Il s'est mis à boire chaque soir et malheureusement, il en est devenu dépendant. J'ai beau lui dire d'arrêter, mais il ne m'écoute pas.

Elle soupire.

— Et j'ai découvert certaines choses aussi.

Je fronce les sourcils.

— C'est-à-dire ?

— Qu'il me trompait. J'ai fouillé dans son téléphone et j'ai vu quelques conversations avec d'autres femmes qui m'ont laissé un goût amer.

— Mais pourquoi ne l'as-tu pas quitté ? Tu ne lui as rien dit ?

Elle baisse les yeux.

— Mais, maman ! Tu ne peux pas rester avec un mec qui te trompe ! Je ne serais jamais resté avec Léa après tout le mal qu'elle m'a fait. Tu dois le quitter.

— Je sais. Mais je l'aime.

Sa voix recèle une pointe de désespoir.

— Oui, mais lui ne t'aime pas comme toi tu l'aimes.

Elle ouvre le robinet et se passe les mains sous l'eau tout en se regardant à travers le miroir. Ses yeux sont rouges et gonflés. Comment peut-elle aimer un mec qui la trompe ? Mais ce n'est pas possible ! On ne peut pas pardonner une chose pareille ! Il faut que je lui dise tout maintenant. Il ne la rendra jamais heureuse et il continuera ses conneries.

— Écoute maman... j'ai quelque chose à te dire.

Elle se passe de l'eau sur le visage, coupe le robinet et me pointe du doigt la serviette blanche qui se trouve sur ma gauche.

— Oui... Dis-moi.

Je lui donne la serviette et inspire profondément avant de m'exprimer :

— J'en ai marre de garder cette histoire pour moi et je veux que tu ouvres les yeux.

Je marque une petite pause pour essayer de contenir ma colère puis je reprends lorsque les battements de mon cœur ralentissent :

— Il n'a pas été très correct l'année dernière au réveillon de Noël. J'étais peut-être dans un état lamentable à cause de Léa, mais j'ai bien vu qu'il tournait autour de Juliette pendant que tu avais le dos tourné. Il a tenté de l'embrasser et lui a mis les mains aux fesses. Ce mec n'est pas pour toi, maman.

Elle reste impassible. Est-ce que je l'ai choquée ou pas ? Cela dit, il est trop tard pour revenir en arrière. Elle doit connaître la vérité.

— Cette histoire me ronge depuis un an. Je voulais t'en parler, mais Juliette pensait que ce n'était pas une bonne idée. Pour elle, il était ivre et du coup il ne savait pas ce qu'il faisait. Maintenant, tu comprends pourquoi j'ai de la haine pour lui. C'est pour cette raison que je me suis mis en rogne quand il a mis ses sales pattes sur Zoé tout à l'heure.

Ses yeux s'emplissent de larmes.

— Je suis désolé de ne pas te l'avoir dit avant.

Elle ne répond pas. Je n'aime pas ce silence. Elle l'aurait su un jour ou l'autre de toute façon et là c'était le moment idéal pour tout lui balancer.

— Dis-moi que tu ne m'en veux pas ?

Elle ouvre la bouche prête à me répondre, mais c'est à ce moment-là que Zoé entre dans la salle de bains.

— Les flics sont là. Ils viennent d'embarquer Diego.

Elle jette un coup d'œil à ma mère puis rive son regard vers moi. Elle panique. Ses mains se mettent à trembler.

— Ils ont besoin de témoignages.

Je lui fais signe d'approcher d'un mouvement de tête. Elle obéit sans hésiter.

— Je vais y aller, lui dis-je en l'étreignant contre moi. Ils doivent se demander pourquoi il est ligoté.

— Non, j'y vais, dit soudainement ma mère. Toi tu restes ici avec Zoé et les autres invités. Ce n'est pas à vous de gérer ce problème. Essayez de reprendre la fête là où elle en était avant qu'il se passe tout ça.

— Est-ce que tu m'en veux, maman ?

Elle reste muette quelques secondes, me donnant l'impression qu'elle réfléchit à ce qu'elle va dire. Mon cœur bat fortement dans ma poitrine.

Finalement elle avoue :

— Je t'aime, Adrian. Jamais je ne me fâcherai avec toi. Tu es beaucoup plus important que lui.

Et elle part de la salle de bains à toute vitesse. Sur l'instant, j'ai envie de la rejoindre, mais lorsque Zoé cale sa tête contre ma poitrine, je me dis que ma place est ici avec elle. Ma mère a raison. C'est à elle de régler ce problème. Moi, j'ai dit tout ce que je pensais de lui.

J'embrasse le cuir chevelu de Zoé et lui remonte le menton d'une main pour qu'elle me regarde. Elle semble désolée. Et moi donc !

— Que dois-je faire pour réparer tout ça, Zoé ? Dis-moi.

Je lui caresse le visage en lui offrant un demi-sourire.

— Rien du tout. Ce n'est pas ta faute.

— Tes parents doivent penser que j'ai une famille de fous et se dire que je ne suis pas un mec bien pour toi.

Elle fronce les sourcils puis me frappe le bras.

Oh ! Que je te reconnais, ma tigresse !

— Ne raconte pas de bêtises, Adrian ! Ce qui compte pour eux c'est que je sois heureuse.

— Je ne voudrais pas leur donner une mauvaise impression de moi.

— Mais non ! Je suis sûre qu'ils t'aiment bien. Ce genre d'histoire peut arriver dans n'importe quelle famille malheureusement. C'est comme ça.

— Et ta mère ? Comment va-t-elle ?

— Bah… je t'avoue qu'elle est un peu paniquée, mais elle oubliera vite. Ne t'inquiète pas.

Je penche ma tête pour poser mes lèvres sur les siennes.

— Je t'aime. Sache que mon amour est sincère et que je ne te ferai jamais de mal. Je ne m'appelle pas Diego. Je veux vraiment faire ma vie avec toi.

Elle m'esquisse d'un petit sourire tout en plongeant ses mains dans mes cheveux. J'ai l'impression qu'elle va pleurer. Ses pupilles brillent.

— Moi aussi, je t'aime. Mais tu es sûr de savoir supporter tout le temps mon caractère ?

Je ris.

— On se complète bien. Tu ne crois pas ?

Elle rit à son tour.

— C'est vrai. Allez… il faut descendre maintenant. Essayons quand même de passer le reste de la soirée dans la sérénité.

Je hoche la tête.

— Tu as raison. Allons-y.

Je l'embrasse une nouvelle fois délicatement sur les lèvres avant de lui prendre la main pour partir de cette pièce. Je trouverai bien le moyen de lui refaire vivre la magie de Noël. Oui, je vais rattraper le coup.

Chapitre 15
«Je te promets»
(Johnny Hallyday)

Adrian

Il est presque trois heures du matin lorsque nous arrivons à l'appartement. Nous avons roulé au pas à cause de la neige. Elle s'est arrêtée de tomber, mais les routes étaient recouvertes d'une épaisseur d'à peu près trois centimètres.

Le reste de la soirée s'est passée sans embûches, sans coup foireux, mais la magie n'était plus vraiment au rendez-vous. Certes, l'atmosphère était plus calme, mais l'ambiance festive avait disparu.

Ma mère est revenue une heure plus tard, seule et totalement démoralisée. On a tous essayé de la consoler. En vain… elle semblait complètement abattue. Malgré les pleurs qui la prenaient sans cesse, elle a réussi à nous dire que Diego passerait quelques heures en cellule de dégrisement, jusqu'à ce qu'il dessaoule. J'espère qu'elle quittera ce crétin. Elle n'a pas besoin d'un énergumène pareil dans sa vie. Elle mérite largement mieux.

Même si l'appétit n'est venu à personne, nous avons quand même fait la distribution des cadeaux. Zoé a reçu énormément de boîtes de chocolats ainsi que des bijoux fantaisie. Quant à moi, je pourrais ouvrir une cave à vins ou alors organiser une fête géante vu le nombre de bouteilles qu'on m'a offert.

Les parents de Zoé sont repartis les premiers en compagnie de Jamie et son garçon. Ils sont restés inexpressifs face à cette situation. Sa mère n'a rien dit mais j'ai quand même vu une lueur de peur dans ses yeux. Je me suis rendu compte que Jamie est un mec sympa, mais je m'en méfie quand même. Je n'aime pas qu'on tourne autour de ma tigresse. Nous les avons invités à manger ce soir avant qu'ils reprennent la route pour le Sud. Je m'excuserai après d'eux. Franchement, j'ai honte de leur avoir fait passer une soirée aussi épouvantable.

Nous posons tous nos cadeaux sur le canapé puis nous nous aventurons dans notre chambre en découvrant Stitch qui dort les quatre pattes en l'air en plein milieu du lit.

— Oh… il est trop mimi, s'exclame Zoé en se dirigeant vers son chat diabolique.

Elle s'assied sur le bord du lit et le caresse. Stitch se réveille et se met à ronronner. Je suis certain de me prendre des coups de griffes si je lui fais ça. Il me déteste toujours. Il se hérisse dès que je m'en approche. Pourtant, je ne suis pas cruel avec lui. Je crois qu'il n'aime pas que je m'occupe de sa maîtresse. Mais il va devoir s'y faire. Je ne pourrais plus passer une seule nuit sans elle.

— Il faut que je lui donne son cadeau, lâche-t-elle en se levant du lit.

Elle trottine jusqu'à sa garde-robe. Elle l'ouvre et se penche pour chercher après le jouet du chat. Je me retiens de rire lorsqu'elle revient vers lui avec un emballage cadeau de couleur bleu nuit. Non, sérieux ? Je n'avais même pas fait attention qu'elle l'avait emballé. Ma tigresse est un peu barge, non ?

— Tiens, lui dit-elle en le posant près de lui. C'est à toi. Joyeux Noël, mon bébé Stitch.

Je ris. C'est plus fort que moi. Bien évidemment, Zoé me lance un regard noir.

— Arrête de te moquer, Adrian. Il a le droit à son cadeau comme tout le monde.

— Si tu le dis…

Elle me tire la langue avant de déchirer le papier cadeau.

— Regarde… il est tout content.

Le chat sort ses griffes pour attraper le poisson jaune qui simule parfaitement les mouvements grâce à sa queue électronique. Stitch a l'air d'être heureux. Et d'ailleurs, je vais en faire pareil avec sa maîtresse. Il est temps que je lui offre mes présents.

— À mon tour de te rendre heureuse, lui dis-je en lui décochant un clin d'œil.

Je m'abaisse et extirpe mon cadeau que j'avais fourré sous le lit. Je n'ai pas trouvé d'autre endroit pour le cacher. Difficile de chercher une planque ici, vu que l'appartement est petit. Si vraiment elle veut que je l'embête toutes les nuits, toutes les journées, chaque minute et chaque seconde, il va falloir qu'on déniche un autre logement dans les mois qui suivent. J'ai besoin d'un peu plus d'espace. Il me faudrait une pièce personnelle pour y installer tout mon matos photo et je dois également débarrasser l'abri de jardin de ma sœur que j'ai encombré de meubles lorsque Léa m'a quitté. Je suppose aussi que Seb aimerait que je dégage toutes mes affaires de sa chambre d'amis. Ouais… il va falloir que je réfléchisse à tout ça.

— Tiens, lui dis-je en lui tendant mon cadeau recouvert de papier doré.

Elle rougit et le prend. Il est assez encombrant, mais je sais que ça va lui plaire.

— Waouh ! Il est immense.

Stitch se sauve avec le poisson dans sa gueule lorsqu'elle pose mon cadeau sur le lit.

— Ouais… il mesure exactement 90 cm de haut sur 60 cm de large. Pas mal, non ?

— Les miens sont minables à côté du tien. Ils sont tout riquiqui. Je vais aller les chercher, mais j'ai honte de te les donner.

Je lui barre le chemin avec mon bras lorsqu'elle fait un pas vers sa garde-robe.

— Les miens attendront. Et… ce n'est pas la taille qui compte, mais le geste. J'espère que ça te fera plaisir. Allez… vas-y, ouvre.

Elle cale une mèche rebelle derrière ses oreilles puis arrache lentement le papier. Mon cœur se met à battre vite. Je suis fier de mon œuvre. Je ne pouvais pas faire mieux. Non, ce cliché que j'ai placé dans un cadre argenté à paillettes représente beaucoup pour moi, car il provoque une lueur de bonheur dans les yeux de Zoé. On est si bien à deux dessus et je vois que ça la touche énormément. Ses pupilles se mettent à briller. Elle a été prise lorsque nous étions à Cancale. Une photo de nous deux dans la chambre de notre petite location. Seul un drap recouvre nos corps nus.

— T'es adorable quand tu veux, dit-elle ironiquement en contemplant son cadeau.

— Merci… ouais je sais.

Elle lâche un rire doux avant d'abandonner le cadre sur le lit puis elle se jette dans mes bras. Je pose mes mains sur ses hanches et dépose un baiser rapide sur ses lèvres.

— Merci, Adrian. Cette photo est magnifique. Ta mission sera de l'accrocher face au lit.

— Je n'y manquerai pas.

Je l'embrasse encore une fois.

— J'ai un autre cadeau pour toi.

Elle fronce les sourcils.

— Un autre cadeau ? Mais…

Je pose mon index sur ses lèvres.

— Pas de « mais ». Il t'en fallait bien deux en ce jour.

Je la lâche et sors de la chambre. Je devais lui donner lorsque nous étions dans le petit chalet, mais je n'ai pas eu le temps à cause de Diego. Quel crétin quand j'y repense. J'appellerai ma mère dans l'après-midi pour avoir de ses nouvelles et savoir quelle décision elle va prendre avec lui.

J'extirpe la boîte de la poche intérieure de mon cuir et retourne dans la chambre. Mon cœur battait vite lorsque je lui ai donné le premier, mais là, j'ai l'impression qu'il est en sur le point de sortir de ma poitrine.

— J'espère que celui-là te fera autant plaisir, lui dis-je en lui tendant la boîte rouge.

Ses joues se colorent d'un rose pâle. Elle a dû deviner de quoi il s'agit.

— Je… je…

Elle semble troublée. Elle marmonne des paroles incohérentes.

— Que veux-tu me dire ?

Elle manipule la boîte dans sa main puis plonge son regard dans le mien.

— Ce n'est pas la taille qui compte, c'est ça ?

Elle rosit davantage lorsqu'elle ouvre la boîte.

— Ça compte pour le troisième cadeau que je veux t'offrir.

— Tu comptes m'en offrir combien comme ça ?

— Trois, mais le dernier est inépuisable.

Elle m'observe avec suspicion.

— Tu penses encore au sexe, c'est ça ?

Je ris.

— Je ne peux rien te cacher.

Je lui désigne du menton la boîte.

— Allez… regarde. On savoura le troisième cadeau plus tard.

Elle lève les yeux au ciel en secouant la tête avant de découvrir ce qui se camoufle dans cette fameuse boîte.

Elle est sans voix, mais son visage qui étincelle me fait comprendre qu'elle est charmée. C'est une bague en argent surmontée d'une pierre rouge au centre. Maintenant, reste à savoir si elle lui ira ou pas. Je n'ai pas pu aller à la bijouterie comme elle était tout le temps avec moi. De ce fait, j'ai demandé à Seb de s'y rendre. Il m'avait envoyé trois photos et j'ai été immédiatement séduit par celle-ci.

— Adrian… tu es…

— Romantique. Merci, oui, je sais.

Je souris et contemple le bijou avant de l'extraire de la boîte et le manipule entre mes doigts.

— Le rouge c'est pour rappeler ta robe que j'aime tant.

Elle se met à rire et ça en devient contagieux.

Je jette la boîte sur le lit et lui prends sa main droite.

— J'espère qu'elle est à ta taille.

Je fais glisser l'anneau sur son annulaire. Ce geste me fait sourire. En dirait que je la demande en mariage. Toutefois, je ne suis pas près de me marier, même si je l'aime de tout mon cœur. Je suis fâché avec ce mot depuis que Léa m'a trompé.

— Elle te va parfaitement. Je suis balèze quand même. Tu l'aimes ?

Une lueur de bonheur passe dans ses yeux.

— C'est… trop beau, lâche-t-elle, les larmes qui roulent sur son visage d'ange. Je t'aime.

— Moi aussi, je t'aime et je te promets que je te rendrai toujours heureuse et… (je la serre dans mes bras) je suis fou de ton corps.

Je joue des sourcils avant de m'emparer de ses lèvres. Et en moins de deux secondes, elle se retrouve plaquée contre le mur. Une de mes mains chemine sur sa taille tandis que l'autre maintient son menton.

— Maintenant, je vais te donner ton troisième cadeau. Je t'avais promis que je te ferais l'amour comme un prince.

— Non, Adrian. Je dois t'offrir les miens avant.

Je ris dans son cou.

— Ça peut attendre. Je te veux toi pour l'instant. Joyeux anniversaire, ma chérie.

Et je joins mes lèvres aux siennes pour l'embrasser avec ferveur. Ce qui compte à mes yeux est d'être simplement avec elle et de savourer le bonheur qui nous unit.

Ma petite tigresse, tu es mon plus beau cadeau et j'ai promis de rendre ta vie magnifique.

Chapitre 16
« Nobody's perfect »
« Personne n'est parfait »
(Jessie J.)

Zoé

La sonnerie de l'interphone retentit. Je me lève d'un bond du canapé et consulte l'heure sur l'horloge de la cuisine. 18 h 30. Je suis persuadée que ce sont mes parents. Je leur avais dit de venir pour 19 h.

Adrian se dirige vers le couloir et répond. J'en profite pour m'éclipser dans ma chambre afin d'inspecter ma tenue devant mon miroir sur pied. J'ai opté pour une robe noire à dentelle qui m'arrive à mi-genoux et j'ai relevé mes cheveux en chignon haut. Mon teint est époustouflant. J'ai les joues roses. Je me trouve assez jolie et depuis ce matin, ou du moins ce midi (car c'est l'heure à laquelle nous nous sommes réveillés), le sourire ne veut pas me lâcher. Adrian m'a comblé de bonheur en m'offrant cette bague que j'admire sans cesse. Elle est sublime et j'adore la petite pierre rouge qui est au milieu. Ce que j'ai vraiment apprécié, c'est qu'il me dise que ça lui rappelle la couleur de ma robe. La robe qu'il aimerait que je porte chaque jour simplement pour faire briller ses pupilles. J'ai ri quand il a dit ça, mais son humour m'a prouvé que c'est une belle promesse d'amour. Je sais qu'il tient à moi. Moi aussi, je tiens à lui. Qui aurait cru il y a six mois que je tomberais amoureuse d'un homme comme lui ? Comme quoi, il ne faut jamais juger les gens par leur apparence.

Je lui ai offert un de mes cadeaux après nos ébats. Une chemise bleu foncé à longues manches que j'ai dénichée sur Internet et qu'il s'est empressé de mettre après notre déjeuner. Je tiens à lui donner le deuxième tout à l'heure. J'ai hâte de voir sa réaction.

La nuit a été courte parce que nous avons papoté de notre soirée. Un Noël qui ne s'est pas passé comme on l'aurait souhaité. Puis on est venu à discuter du cas de Léa. Je me demande pourquoi elle a voulu joindre Adrian. Ce qui est surprenant, c'est qu'elle n'a pas laissé de messages sur son répondeur. Est-ce juste parce qu'elle voulait lui donner des nouvelles ? A-t-elle de nouveau des problèmes avec Valens ? Cela dit, Adrian ne veut plus en entendre parler pour l'instant. Et je dois dire que je n'ai pas envie de penser à elle le jour de mon anniversaire.

Il a ensuite appelé sa mère en fin d'après-midi qui apparemment ne sait toujours pas quelle décision prendre avec Diego. Cette nouvelle a bien sûr agacé Adrian, mais j'ai réussi à l'apaiser dans mes bras.

Je quitte ma chambre et découvre mes convives dans le couloir. Adrian prend leur manteau et les pose sur le tabouret de la cuisine. Je fais la bise à tout le monde puis leur désigne le canapé pour qu'ils y prennent place. Ils ont tous l'air fatigués, surtout le fils de Jamie qui semble sortir d'une sieste. Il a des petits yeux et ses cheveux blonds sont en pagaille.

— Tu veux te reposer dans ma chambre ? lui demandé-je.

Il fait non de la tête puis s'assied sur le canapé.

— OK, comme tu veux. Si tu te fatigues, tu sais que tu peux dormir là-bas.

Je lui montre du doigt la porte de ma chambre.

— Oh ! Ça va aller, dit Jamie en s'essayant à côté de lui.

Il a dormi une bonne partie de l'après-midi chez Seb et Alicia. Il ne doit pas être si épuisé que ça. N'est-ce pas ?

Il tourne la tête vers son fils puis lui ébouriffe les cheveux. Le garçon se met à grogner.

— Arrête de faire la gueule.

Jamie lui donne son téléphone.

— Amuse-toi avec ça.

Jamie soupire.

— Il s'ennuie apparemment.

— Oh… Je suis désolée. Il n'y a malheureusement pas d'enfants de son âge pour jouer avec lui dans ma famille.

— Ce n'est rien. Tous les petits garçons comme lui n'ont pas la chance de voir la tour Eiffel en vraie.

— Vous avez vu la tour Eiffel ?

Il hoche la tête.

— Oh ! Génial ! Et… comment ça s'est passé chez Seb et Alicia ?

— Très bien. Alicia nous avait préparé de la lotte à la vanille. C'était extra.

Je lui souris puis vais à la cuisine. Je préchauffe le four, prends la bouteille de vodka sur la table ainsi que le jus d'orange. Je reviens vers mes invités et fais le service avec Adrian.

— Je voulais vous dire que je suis navré, dit Adrian en prenant place sur une chaise, un verre de vodka orange dans une main.

Je m'assieds sur ses genoux et passe mon bras derrière son cou. Je sais de quoi il veut parler, mais je lui ai déjà dit qu'il n'avait pas à être désolé. Rien n'est sa faute.

— Pourquoi ? demande ma mère.

Adrian me caresse la cuisse. Je le sens nerveux.

— Pour ce qui s'est passé hier. Je ne pensais pas que Diego aurait réagi de cette façon.

— Ne t'en fais pas pour ça, dit Jamie. Il y a pire.

Adrian ricane amèrement avant de prendre une gorgée de sa vodka.

— Pire que de saccager un Noël entre familles ?

Jamie hoche la tête.

— Ouais… je connais pire que ça.

Il veut sûrement faire allusion à son ex-femme, cette mythomane qui a failli l'écraser.

— Diego ne savait pas ce qu'il faisait sous l'emprise de l'alcool. Je ne pense pas qu'il se serait amusé à nous planter avec son couteau.

— Mouais… je n'en suis pas certain. Il a quand même un regard venimeux qui ne me plaît pas. J'espère que ma mère va ouvrir les yeux.

Adrian soupire fortement.

— Ne te tracasse pas avec ça, intervient mon père. Le principal c'est qu'il n'y a pas eu de blessés.

— Oui, je sais, mais j'aurai voulu que ma famille vous fasse bonne impression.

Je lui masse le cou, ce qui lui arrache un petit sourire.

— C'est surtout toi qui dois nous faire bonne impression. Le reste n'est pas important. Je veux que ma fille se sente aimée et qu'elle soit heureuse. C'est tout ce qui m'importe.

Je me sens rougir.

— Je ne suis pas quelqu'un de parfait, mais je tiendrai la promesse de la rendre heureuse, de lui faire des enfants et lui faire l'am..

Je lui frappe l'épaule et le foudroie du regard. Il risquerait de dire une connerie si je ne l'arrête pas.

— Arrête de parler. C'est bon, ils ont compris.

Il sourit en coin.

— Je pensais que le bébé était déjà en route, lâche soudainement ma mère.

Mais qu'est-ce qu'elle raconte ? Je lui ai déjà dit que ce n'était pas dans nos projets.

— Euh… on n'a pas eu le temps, dit Adrian en lui décochant un clin d'œil.

On n'a pas eu le temps ? Qu'est-ce qu'il raconte lui aussi ?

Je le regarde avec suspicion. Il se met rire.

— Qu'est-ce que tu as encore dit et que je devrais savoir ?

— Rien d'intéressant.

Furieuse, je retire mon bras de son cou et tente de me lever, mais il m'en empêche en enroulant ses doigts autour de mon poignet.

— Reste. Je t'assure que ce n'est rien.

— Ouais… c'est ça.

Il finit par me lâcher. Je pars comme une flèche vers la cuisine. Il lui a sûrement raconté quelque chose qui ne va pas me plaire. Mais comme je suis du genre à démarrer au quart de tour, je préfère me calmer un peu ici. L'atmosphère est assez spéciale comme ça et je n'ai pas envie d'en rajouter une couche.

Je sors les petits fours du congélateur, les dispose dans un plat et les enfourne. Ma mère me rejoint en cuisine.

— Tout va bien, chérie ?

— Euh… oui, ça va.

Je me sens embarrassée. Afin qu'elle ne voie pas ma gêne, j'ouvre le frigo et prends un plateau de toasts que j'ai confectionné dans l'après-midi.

— Tu veux que je te donne un coup de main ?

Je fais non de la tête.

— Je n'ai pas fait un repas de communion, maman. On va manger à la bonne franquette. J'espère que ça te ne dérange pas ?

Elle retire le papier aluminium qui est sur le plat.

— Bien sûr que non. De toute façon, nous n'avons pas très faim. Ta sœur nous a gavés pour une semaine.

Un sourire traverse mes lèvres.

— Papa et moi sommes heureux d'avoir rencontré vos petit-amis. Ils sont charmants.

— Ouais… si tu le dis. Je voudrais bien savoir ce qu'il t'a raconté.

Elle se met à glousser puis me prend le plateau des mains.

— Oh… eh bien, il avait l'air ravi de s'occuper de toi lorsque je l'ai vu partir avec une bouteille de champagne.

Je fais de gros yeux. La panique me submerge. Il n'a quand même pas dit qu'il m'avait attaché aux barreaux d'un lit ?

— Et ? insisté-je. Il t'a dit quoi d'autre ?

— Qu'il allait me fabriquer une petite-fille ou un petit-fils. J'étais déjà tout heureuse.

Mon Dieu ! Mais quelle honte ! Il ne sait vraiment pas garder sa langue dans sa bouche. Je vais la lui faire ravaler. Maintenant. Il n'attend rien pour le payer. Quel p'tit con !

— Pas avant 10 ans, maman. Mais ne désespère pas, je suis certaine qu'Alicia t'apportera ce cadeau bien avant moi.

Et je me dirige vers le salon en prenant un air de tueuse, la mâchoire serrée.

— T'es vraiment pas possible quand même, murmuré-je à Adrian en s'asseyant sur ses genoux.

Il me regarde, perplexe.

— Pourquoi ?

Je pousse un soupir résigné et lui vole son verre de vodka. Je le finis d'une traite.

— Tu sais très bien pourquoi.

— Et toi ? Quand allais-tu m'annoncer que tu voulais apprendre à conduire ?

Je me rembrunis. Mes pommettes deviennent chaudes.

— Je… c'est juste une idée qui m'a traversé l'esprit. Et arrête de changer de sujet comme ça.

J'ai envie de le frapper. Ah ! Il m'énerve d'avoir dit ça à ma mère. Toutefois, il m'empêche de le faire lorsqu'il me serre contre lui. Il approche sa bouche de la mienne.

— Garde ton joli sourire, ma chérie. Tu es bien plus belle quand tu es de bonne humeur. Et on a assez passé de mauvais moments comme ça. Tu ne crois pas ?

Il me lance un regard énamouré, ce qui me fait éclater de rire.

— Oui… c'est vrai. Mais je me vengerai quand même.

Il pose ses lèvres sur les miennes.

— Moi aussi… j'ai encore la main qui me démange.

Ma mère se racle la gorge, ce qui me fait sursauter.

— Un p'tit toast ? nous demande-t-elle en pointant le plateau devant nous.

— Euh… oui, merci.

Je prends deux verres et en donne un à mon voyou de bad boy.

— Ne vous inquiétez pas, on ne partira pas trop tard. On vous laissera le temps pour que vous nous fabriquiez un…

Je la coupe en piquant un fard :

— Mais, maman ! Arrête, voyons ! Tu ne vas pas t'y mettre non plus !

Mon sang bat dans mes tempes.

— Je voulais juste détendre un peu l'atmosphère.

— Oui, bon… changeons de sujet s'il te plait.

Elle se met à rire puis sert les autres invités.

Adrian peut se réjouir, car je suis certaine qu'il fait bonne impression à mes parents et je dois avouer que ça me fait plaisir. Je suis persuadée qu'il sera celui qui me donnera un jour ce cadeau. Mais comme je l'ai dit à ma mère, ce ne sera pas avant 5/6 ans. Je veux profiter de la vie avant tout.

***

Il est presque minuit lorsque mes invités quittent mon appartement. Je me retiens de verser une larme. Je me rends compte que mes parents me manquent de plus en plus. Je ne sais pas quand je les reverrai, mais j'espère que ce sera avant l'été prochain. J'ai toujours eu l'habitude d'être avec eux. J'ai cru que je n'allais jamais cesser de pleurer le jour où ils sont partis. J'aurais peut-être dû les suivre à ce moment-là, mais jamais je n'aurais rencontré Adrian. Et maintenant que ce voyou est à moi, je ne saurais plus me passer de lui. Je dois également admettre qu'il est la plus belle chose qui me soit arrivée dans ma vie. Elle était monotone avant que je le connaisse.

Il avance dans ma direction en me tendant les bras.

— Tu ne vas pas pleurer quand même ?

Je reste muette. Bien sûr que si que je vais pleurer et il le sait très bien. Je suis sensible même si j'ai un caractère de tigresse.

— Promis, je t'emmènerai les voir un de ses quatre.

Impossible de me retenir plus longtemps. Une larme roule sur ma joue lorsqu'il m'étreint.

— Merci.

— De rien, c'est normal. Je prendrais peut-être des congés en avril. Ça peut être intéressant de partir à ce moment-là. Qu'en penses-tu ?

Je hoche la tête et m'essuie les larmes du bout des doigts.

— Ce serait parfait. Il n'y aura pas trop de monde.

Il m'embrasse le front et plonge son magnifique regard envoûtant dans le mien.

— OK. J'en parlerai à Seb. J'aime beaucoup tes parents. Ils sont sympas.

Je souris.

— Surtout ma mère, n'est-ce pas ?

Il bat des cils. Il me fait rire à chaque fois qu'il fait ça.

— J'adore ma belle-mère. Et… je lui ai dit que je lui fabriquerai un petit-fils ou une petite-fille, alors… on peut commencer tout de suite si tu veux.

Il prend mon visage en coupe, joint ses lèvres fiévreuses sur les miennes et me plaque contre le frigo.

— Ici. Ça me branche bien et toi ?

Sa bouche se déchaîne contre la mienne et sa main droite se faufile sous ma robe.

— Adrian… attends deux minutes, dis-je en posant ma main sur son torse afin qu'il se pousse.

Il s'arrête et fronce les sourcils.

— Qu'est-ce qui se passe ?

— Bah… euh… tu n'es pas sérieux lorsque tu dis qu'on va faire un bébé ?

Il sourit puis éclate de rire.

— Bien sûr que non, mais faut bien s'entraîner un peu avant.

Ouf ! Il m'a fait peur.

— Tu n'y vois aucune objection ?

Mon intimité se met à palpiter lorsqu'il se lèche sa lèvre inférieure dans une lenteur infinie. Son regard de braise me fait fondre.

— Aucune objection, monsieur Legrand, dis-je d'une voix sensuelle. Faites-moi vibrer de la tête aux pieds.

À mon tour de papillonner des cils.

— Je vais vous faire vibrer, mademoiselle Simon. Toute la nuit.

Il pose ses mains sur mes hanches puis me soulève. J'enroule immédiatement mes jambes autour de son bassin puis enfouis mes doigts dans sa chevelure. Il m'embrasse près de mon oreille, puis tout d'un coup, son téléphone se met à sonner sur la table de la cuisine.

— Tu… devrais répondre, Adrian.

— Non… la personne rappellera.

Et il continue de m'embrasser avidement. Ses baisers qui vont de ma nuque jusqu'à mes lèvres me donnent le tournis, mais son téléphone qui sonne sans cesse commence à me perturber.

— Elle insiste. C'est peut-être important.

Il pousse un soupir profond.

— Je vais l'éteindre comme ça on ne sera plus dérangé.

Je reste accrochée à lui lorsqu'il se dirige vers la table. J'avais le sourire depuis mon réveil, mais il s'efface quand je vois le prénom de son ex sur l'écran.

Chapitre 17
« Pollution »
(Limp Bizkit)

Zoé

— Putain ! Elle va nous foutre la paix un peu ?

Ses pupilles se dilatent et ses traits sur son front ressortent. Il me fout légèrement la frousse. Je déteste quand il se met en colère.

Un nœud à la gorge, je me dégage de son corps et cale une mèche rebelle derrière mon oreille. Mon sang bat dans mes tempes.

— Allô ? Que veux-tu ? demande-t-il d'un ton acerbe.

Il cavale jusqu'au salon et regarde par la fenêtre.

— Quoi ? Qu'est-ce que tu racontes ?

Je déglutis. Je m'attends au pire.

— Léa ?

Timidement, j'avance vers lui. Son visage se crispe et il serre le poing, prêt à l'écraser dans la vitre.

Pour éviter qu'il s'emporte davantage, je pose une main apaisante sur son épaule. Il tourne la tête vers moi, les iris noirs comme les ténèbres et retire son téléphone de son oreille.

— Elle est en danger. Il faut que j'aille voir.

Je commence à frissonner d'angoisse.

— En danger ? Mais qu'est-ce qu'elle a dit ? Et… il est plus de minuit, Adrian. Tu ne vas pas te rendre chez elle à cette heure-ci ?

Mon cœur bat la chamade.

— Elle m'a juste demandé de l'aider puis ça a coupé. Peu importe l'heure. Je sais qu'elle pollue ma vie, mais là j'ai besoin de comprendre. Ça ne peut plus durer comme ça. Il faut que je mette un terme à toute cette histoire.

Il passe une main nerveusement dans ses cheveux avant de m'embrasser le front.

— Tu restes ici. Je vais aller jeter un coup d'œil chez elle.

Rester ici ? Mais il est fou ou quoi ? Je ne vais pas pouvoir attendre pendant des heures sans savoir ce qui se passe !

D'un ton haut et fort, je m'exclame :

— Hors de question ! Je viens avec toi !

Et je traverse le salon pour aller dans le couloir. Je ne regarde pas sa réaction. De toute façon, je sais ce qu'il va en penser. Il ne va pas vouloir que je vienne avec lui. Mais comme je suis bornée et têtue, il n'aura pas le choix. Que ça lui plaise ou non !

Adrian accourt vers moi et m'observe en pinçant les lèvres lorsque j'enfile mon manteau.

— Ça ne sert à rien de protester. Je viens avec toi, un point c'est tout !

Je lui tends son cuir.

— Tu n'as pas conscience que tu pourrais te mettre en danger, Zoé ? Valens est sûrement là-bas. Alors, tu vas me faire le plaisir de…

Je le coupe :

— Et qui te dit que ce n'est pas un piège ? Il va peut-être s'incruster ici pendant que tu seras chez elle. Alors, que tu le veuilles ou non, je viens avec toi ! Je ne vais pas t'attendre seule à me morfondre pendant des heures. Et je ne veux pas qu'il t'arrive quelque chose non plus. On sera plus fort à deux.

Il arrache son cuir de mes mains tout en me foudroyant du regard.

— Tu as de la chance que je t'aime.

Il avance vers la table de la cuisine puis chope ses clefs. J'en profite pour changer mes chaussures. J'opte pour mes bottines noires. Dehors, il fait froid et la neige tombe encore. Certes à petits flocons, mais elle pourrait vite tenir au sol du fait que les températures sont très basses.

— Allez… on y va. Mais tu as intérêt à rester toujours près de moi. Si Valens touche à un seul de tes cheveux, je le bute !

Je ravale ma salive, déstabilisée lorsque je m'aperçois qu'il tient un canif dans sa main. Il regarde la lame puis referme le couteau pliant avant de le ranger dans son cuir. Je n'avais jamais fait attention qu'il avait ça sur lui. Et là, je me dis que ça craint. Je me demande s'il ne faudrait pas plutôt appeler la police, mais je sais qu'il ne voudra pas. Alors il n'y a plus qu'à les affronter et voir ce que le sort nous réserve. Oh, bordel ! La panique me submerge. Allez courage ! Il faut y aller et en finir une bonne fois pour toutes comme vient de le dire Adrian.

***

Le trajet s'est fait en silence, dans la peur et l'angoisse. Aucun fond sonore n'est venu égayer l'habitacle. Adrian ne s'est pas énervé sur sa conduite, mais j'ai bien vu qu'il était sur les nerfs. Je l'ai vu lever le poing pour frapper sur son volant de temps à autre, mais il s'est ravisé à chaque fois. Face à son comportement, j'ai préféré rester muette comme une tombe pour ne pas aggraver son humeur. J'espère qu'on va en finir avec tout ça et assembler enfin toutes les pièces du morceau du puzzle que Léa nous a mis devant les yeux. Et le morceau qui me hante est celui de son enfant. Est-ce réellement Adrian le père ? Pourquoi n'évoque-t-elle plus le sujet ?

Adrian stationne sa voiture face à un immeuble et observe autour de lui comme s'il cherchait après quelque chose.

— Je ne vois pas la caisse de Valens. Il ne doit pas être là cet abruti.

Il prend mon visage en coupe et me regarde intensément.

— Je t'aime. Je suis vraiment désolé de t'imposer tout ça.

Et il m'embrasse en appuyant vivement ses lèvres sur les miennes. J'ai envie de pleurer tout d'un coup.

— Désolé, répète-t-il avant de libérer ma bouche.

— Ne me fais pas pleurer s'il te plait, Adrian. Finissons-en tout de suite.

Je sanglote. C'est plus fort que moi. Rien n'est de sa faute. Non, tout est la faute de Léa. Pourquoi veut-elle gâcher notre bonheur ? Qu'est-ce qu'elle attend au juste ?

— Je t'aime aussi, Adrian. Quoi qu'il arrive, je serai toujours de ton côté. Fais-moi confiance.

— Tu es une tigresse, mais également une perle. C'est toi que j'aurais dû rencontrer à la place de Léa il y a quelque année de ça. Et c'est à toi que j'aurais dû demander la main. Je suis certain qu'on aurait déjà plein d'enfants.

Il me décoche un clin d'œil avant de m'embrasser la joue. Quelle révélation ! Il me surprendra toujours. Plus les jours passent et plus je suis amoureuse de cet homme.

— J'y vais en premier. Ne bouge pas.

Pour une fois, j'obéis. J'avoue que j'ai la frousse.

Il sort de l'habitacle puis court jusqu'à l'entrée de l'appartement. Je le vois appuyer sur le bouton de l'interphone. Mon Dieu ! Tous mes membres se mettent à trembler. Il fait nuit, il fait froid et j'ai le sentiment de me croire dans un film d'horreur. Je n'en regarderai plus de sitôt. J'ai l'impression que je vais tomber nez à nez avec Joe Goldberg, mon psychopathe adoré qui en réalité sera Valens.

Adrian baisse la tête vers le sol pour se protéger de la neige lorsqu'il court vers la voiture. Il ouvre la portière et la referme d'un coup sec. Un frisson me traverse le dos.

— Putain ! Elle n'habite plus ici. Je viens de me faire enguirlander par un mec parce que j'ai laissé mon doigt appuyé sur la sonnette et que j'ai réveillé sa petite famille. Elle fait chier ! Elle ne pouvait pas me le dire ?

Il est rouge de colère. J'époussète son cuir d'une main pour retirer la neige.

— Rappelle-la. Elle te dira peut-être où elle se trouve.

— Ouais… je crois que je n'ai pas le choix.

Il prend ma main dans la sienne, me l'embrasse puis passe l'appel.

J'enfouis mes doigts dans sa chevelure. Il se force à m'offrir un petit sourire en attendant que Léa décroche. Ma gorge se serre, mon cœur bat la chamade et je suis certaine que je suis blanche comme la neige qui commence à tomber en abondance.

— Putain ! Je crois que je vais devenir fou, lâche-t-il d'un timbre fort. J'ai eu son répondeur.

Il range furieusement son téléphone dans la poche de son cuir et se pince l'arête du nez tout en fermant les paupières.

— Il n'y a plus qu'à se rendre chez Valens.

Il serre le poing, prêt à le frapper contre le volant, mais je l'en empêche en attrapant son poignet.

— Arrête, Adrian. Ne te mets pas dans cet état-là. Je crois qu'on devrait prévenir la police.

Il fronce les sourcils et secoue son bras pour que je le lâche.

— Hors de question, Zoé. Je te l'ai déjà dit, tout pourrait se retourner contre nous. On ne sait toujours pas si c'est lui qui t'a envoyé cette putain de photo. Imagine si la police en découvre une du même genre ! Comment vais-je faire pour m'innocenter ? Il faut que je parle à ce crétin et qu'il m'avoue que c'est lui qui est à l'origine de tout ça. À moins que ce soit Vanessa.

Il soupire fortement.

— Je suis perdu. Pourquoi s'acharne-t-on comme ça sur moi ? Ça commence à me gonfler de ne rien savoir. Jamais je n'aurais pensé un jour être confronté à ce genre de problème.

Il souffle puis démarre.

— Je sais, Adrian, mais je crois qu'il est temps qu'on rentre maintenant. Tu ne crois pas ?

Il ne répond pas. Il a les yeux fixés sur la route.

— Je suis fatiguée et je t'avoue que j'en ai marre aussi de ne pas savoir.

Il me regarde enfin et approuve d'un hochement de tête.

— OK… tu as raison. Je suis fatigué aussi. Je vais faire un meurtre si je me rends chez cette pourriture. Il vaut mieux que je me calme.

Mes muscles se détendent un peu. Je comprends toute la haine qu'il a envers cet homme, mais est-ce qu'il ne serait pas plutôt judicieux de tout laisser tomber ? Je lui en toucherai un mot demain, quand il sera moins énervé. On dit toujours que la nuit porte conseil. J'espère que ce proverbe est vrai. Je vais réfléchir à une solution afin que plus personne ne vienne nous déranger.

Chapitre 18
«OK»
(Robin Schulz feat. James Blunt)

Adrian

J'ai dormi à peine trois heures. Je n'ai fait que ruminer. J'ai deux problèmes sur le dos. Premièrement, j'ai une ex qui veut me faire croire que je suis le père de son gosse et qui me cache des secrets. Et deuxièmement, un maître chanteur menace ma Zoé avec une putain de photo qui fait penser que je suis un homme violent.

Moi violent ? C'est absurde !

Trois personnes me hantent mes pensées sans cesse : Léa, Valens et Vanessa. Mais quel lien aurait Vanessa avec Valens et Léa ? Est-elle de la famille de ce crétin ? Une amie de mon ex ? Est-ce vraiment elle qui a envoyé cette photo ? Mais pourquoi me ferait-elle un sale coup comme ça ? Après tout, elle a eu ce qu'elle voulait. Quelques nuits de baise bien sympathiques. Il serait temps qu'elle fasse un trait sur moi maintenant. Malheureusement, je n'ai pas assez de preuves pour accuser cette nana et de plus, elle est introuvable. Quelle misère ! Je pensais que ce genre de choses arrivait seulement dans les films. Eh bien non ! Il a fallu que ça me tombe dessus. Je devrais peut-être envisager à écrire un livre. Ouais, je deviendrais peut-être riche si j'écris un polar et ainsi, je pourrais partir loin avec la femme que j'aime plus que tout et faire briller ses yeux chaque jour, chaque minute, chaque seconde. Je l'emmènerais sur des îles majestueuses, je lui offrirais tout ce qu'elle veut et on passerait le reste du temps dans les bras l'un de l'autre. À nous embrasser, à faire l'amour, à ne penser à rien d'autre qu'à nous. Quel pied ce serait !

Je soupire en plongeant mes doigts dans mes cheveux et essaie de faire le vide dans ma tête. Zoé remue sous le drap. Elle se tourne vers moi, taponne mon torse du bout des doigts et m'esquisse un sourire magnifique. Je ne peux m'empêcher de lui en rendre un à mon tour. Mon petit trésor ! Heureusement qu'elle est là.

— Tu as dormi ? me demande-t-elle en me chevauchant.

Ce que j'apprécie depuis que je squatte son appartement, c'est de me réveiller chaque jour avec une jolie rouquine, nue, qui m'en met plein la vue avec sa silhouette de rêve. J'aime sentir son souffle chaud qui me chatouille la nuque, ses baisers tendres, ses seins contre mon dos. Ses cheveux partent dans tous les sens, mais elle est jolie. Naturelle et… incroyablement bandante, putain ! Impossible de simplement la regarder. J'ai toujours besoin de la toucher.

— Pas trop non. Et toi ?

Je passe mon bras derrière sa nuque et fais pencher sa tête vers la mienne. Je l'embrasse délicatement sur les lèvres.

— J'ai dormi, mais pas assez. Je crois que je vais rester encore un peu dans ce lit.

Et elle s'étale contre mon torse. Sa peau chaude contre la mienne fait soudainement grossir mon anatomie préférée. Et ça grossit, grossit, grossit parce qu'elle me lèche le contour de l'oreille. Je suis partant pour m'envoyer en l'air même si mon humeur est toujours morose.

Vas-y, continue, ma chérie. Fais tout ce que tu veux de moi. Ouais, c'est ça… mordille-moi l'oreille, embrasse-moi

partout. Dans le cou, sur la joue, le nez, la bouche. Hum…
Fais-moi vibrer. Ah ! J'aime quand tes mains s'égarent
dans mes cheveux et que tu tires légèrement dessus. Je
ferme les yeux pour me délecter de cette douceur que
tu m'apportes. C'est tellement bon. Tu m'apaises. Tu es
mon enchanteresse, ma beauté, mon ange. Mais pourquoi
t'arrêtes-tu de m'embrasser ? Continue, j'en veux encore.
Remets tes mains dans mes cheveux. Colle de nouveau ton
corps sur le mien. J'ai froid.

Je rouvre les yeux et découvre qu'elle suce son index.
Mon cœur s'emballe. Oh ! La coquine ! Il commence à faire
chaud ici.

— J'ai une idée ! dit-elle en en retirant son doigt de sa
bouche.

Je souris.

— Tu me donnes aussi des idées, charmante demoiselle.
Donne-moi ton doigt. Il sera mieux dans ma bouche.

Elle rit.

— Non… après.

— Après ? Tu es certaine ?

Je relève un sourcil.

— Oui… j'ai quelque chose d'important à te dire avant.
Je m'occuperai de toi si tu m'écoutes.

Elle bat des cils. Quelle aguicheuse ! Il va peut-être
falloir que je songe à lui mettre quelques fessées. J'ai
été trop tendre, trop romantique lorsque nous sommes
revenus du réveillon de Noël. Je lui ai fait l'amour comme
un prince, mais pas de façon déchaînée. Bon, OK, j'avoue
que j'aime aussi la gratifier de mots doux et de tendresse
parfois. Je ne suis pas un connard. Je l'apprécie trop pour
être ce genre de type, mais… je sais qu'elle adore lorsque
je me mets dans la peau d'un prédateur un peu bestial.

Elle raffole de notre passion pimentée. Pourquoi pas là maintenant ? J'en ai besoin. Besoin d'évacuer toute la rage qui me possède. Elle seule saura la chasser. C'est ma petite fée.

— Vas-y… raconte. Quelle est ton idée ?

Je remonte mes mains vers son buste puis je les pose sur ses seins. Elle semble un peu déconcertée lorsque je masse MA poitrine de rêve. Elle rougit et s'abandonne à mes caresses. J'aime ça. Dois-je poursuivre ? Oh que oui ! Je ne saurais pas m'arrêter. Alors je les pétris fermement et les titille afin qu'ils se durcissent. Elle clôt les paupières, ce qui me fait sourire parce que je sais que je ne connaîtrais pas son idée si je continue comme ça. Je suis accro à son corps. On fait l'amour pratiquement tous les jours sauf lorsqu'elle est indisposée. Je crois que j'ai explosé le record avec elle. Elle me rend fou. Je l'aime à un point inimaginable. J'étais très amoureux de Léa, mais ce n'est pas comparable. Zoé m'apporte tout ce que je veux et ce que j'apprécie énormément chez elle, c'est son soutien. Oui, son soutien, car elle m'a dit qu'elle serait toujours présente pour moi dans les bons et mauvais moments. Quelle perle, ma tigresse ! Je ne pouvais pas rêver mieux. Je pourrais lui murmurer des « Je t'aime » pendant des heures. Ah ! Cette fille… elle m'a rudement bien changé. Fini d'être un connard.

— Eh bien… j'ai un peu cogité cette nuit et j'ai essayé de trouver une solution à nos problèmes.

Elle se cambre en penchant la tête légèrement en arrière lorsque je continue de jouer avec sa poitrine plantureuse. Un gémissement sexy sort de sa bouche. Je crois que je vais faire passer en priorité l'envie que j'ai pour elle. Mais malheureusement, je cesse de la caresser quand Stitch grimpe dans le lit. Putain ! Quel con ! Il vient de me griffer le bras.

Je grimace et lui crie dessus :

— Dégage !

J'aime les animaux, je ne leur ferai pas de mal, mais ce chat m'horripile sérieusement. Il va falloir qu'il se calme.

— Oh, purée… il ne t'a vraiment pas loupé, s'exclame-t-elle en examinant les trois belles griffes sur mon avant-bras. Je vais aller te chercher de quoi te désinfecter.

Elle tente de sortir du lit, mais je l'en empêche en lui attrapant le poignet.

— Laisse tomber. Ce n'est pas grave. Parle-moi.

Je la lâche pour poser mes mains sur ses hanches. Elle contemple mes blessures quelques secondes puis m'avoue :

— L'appartement est un peu petit pour nous et j'ai pensé qu'on pourrait trouver un autre logement.

Elle me fixe droit dans les yeux. Ses pommettes ont pris une teinte rose. Et là, maintenant, j'ai envie de la renverser sur le matelas et la faire crier de plaisir. Mon cœur se gonfle d'amour de savoir qu'elle vient de me proposer de vivre véritablement avec elle. On est toujours sur la même longueur d'onde.

— Tu n'as vraiment peur de rien, lui murmuré-je en la propulsant contre mon corps.

Voilà, c'est mieux. J'adore sentir ses seins contre mon torse.

Elle frotte son sexe contre le mien. J'ai l'impression d'être dans un sauna. Quelle chaleur !

— De quoi aurais-je peur ? demande-t-elle en papillonnant des cils.

Aguicheuse !

— De moi.

Elle se met à rire.

— De toi ? Hum… (Elle pose son index sur ses lèvres et scrute le plafond). Tu devrais plutôt avoir peur de moi.

Ses yeux verts flamboient. Comment pourrais-je être effrayé par cette jolie tigresse qui a de nombreuses idées derrière la tête ? J'ai tellement hâte de les découvrir.

— Alors… fais-moi peur, la provoqué-je en haussant des sourcils.

— Je n'ai pas fini de parler. Attends encore un peu.

Mais elle va me rendre vraiment cinglé ! Surtout lorsqu'elle frotte ses seins sur ma bouche et qu'elle se recule pour voir ma réaction.

Elle entortille une mèche de ses cheveux autour de son index et murmure :

— Donc… je disais que ce serait bien qu'on trouve un autre appartement et…

Je ne comprends même plus ce qu'elle dit. Sa voix est à peine perceptible. Je suis concentrée sur sa poitrine qui me fait un effet de fou. Elle vient de me les mettre sur la bouche ! Putain ! Sur la bouche, merde ! Ils sont magnifiques. Je souris béatement. Ils m'hypnotisent. J'imagine déjà ce que je vais pouvoir faire avec. Mordiller ses mamelons et les lécher avec ardeur.

— Adrian !

Je sursaute et cligne une fois des yeux.

— Ouais ?

— Tu as compris ?

Je sens mes joues qui chauffent.

— Euh…

Elle pose ses poings sur ses hanches. Merde, qu'est-ce qu'elle a dit déjà ? Elle me regarde bizarre.

— C'est OK ?

OK ? J'ai intérêt de dire oui vu comment elle me toise sévèrement, sinon je risquerai de ne pas pouvoir m'occuper de ses jolis atouts.

— OK.

— Super. C'est la meilleure solution.

Meilleure solution ? Quelle solution ? Rien compris moi.

— On sera tranquille comme ça. Je savais que la nuit porterait conseil.

Elle se lève du lit tout en se précipitant vers sa garde-robe. Mais qu'est-ce qu'elle fout ?

— Reviens, j'ai froid.

— Bah ça tombe bien… J'ai quelque chose qui va te tenir chaud.

Et elle revient un emballage cadeau argenté.

— J'ai oublié de te l'offrir. J'espère que ça te fera plaisir.

Elle me chevauche puis me tend son cadeau.

— Je sens que c'est un cadeau empoisonné. Ai-je raison ?

Elle rougit. Bien, évidemment que c'est un cadeau empoisonné.

— Mais non ! Pas du tout ! Tu vas beaucoup l'aimer et j'ai hâte que tu le portes.

Je sens que je vais détester ce cadeau. Allez… ouvrons-le pour le savoir.

Je déchire l'emballage et j'aperçois… oh ! Un joli pull en lainage rouge avec un superbe bonhomme de neige en imprimé ! C'est évident que je vais le mettre ! Non, mais sérieusement ? Elle croit vraiment que je vais porter ça ?

— Magnifique, ma beauté. J'ai hâte de te voir dedans, ironisé-je en mettant le pull devant son buste.

Elle me le prend des mains puis le jette vers le pied du lit.

— Il est tout mimi. Il ira super bien avec ton teint.

— Ouais… si tu le dis !

— Il ne faut jamais refuser un cadeau, c'est l'intention qui compte, chéri.

Elle papillonne des cils. Il est certain qu'elle ne me verra jamais avec ce truc immonde, ou alors elle me verra avec parce que j'aurai trop bu. Mais même ivre, je ne le mettrai pas. Il ne faut pas rêver. Un peu barge, ma tigresse.

— Bon allez… je vais t'offrir un autre cadeau. Tu as été gentil quand même avec moi.

Un autre cadeau ? Mes lèvres se tendent pour sourire. Je comprends immédiatement lorsqu'elle se penche vers la table de chevet pour choper la boîte de capote. Celui-là, je vais le savourer.

Chapitre 19
« Disparue »
(Jean-Pierre Mader)

Adrian

— Ferme la porte à clef, OK ?

Zoé lève les yeux au ciel puis se détache.

— Tout va bien se passer et je ne serai pas seule.

— Je sais, mais je n'aime pas être loin de toi.

Elle trifouille à son écharpe rose pailletée puis boutonne le haut de son manteau noir avant de passer ses bras autour de mon cou. Elle me plante un baiser rapide sur le front.

— Ma sœur sera avec moi alors no stress.

Je lâche un petit soupir. J'insiste :

— Ferme la porte à clef quand même.

Elle sourit puis pose ses lèvres délicatement sur les miennes.

— Très bien, chef ! Je t'enverrai des messages toutes les cinq minutes pour te dire que tout va bien, au moins tu seras rassuré.

Je souris à mon tour et j'effleure sa bouche. Je n'ai pas envie de la quitter, surtout depuis qu'elle s'est occupée de moi ce matin comme une tigresse. Elle était heureuse que je lui dise que ce serait la meilleure solution, mais je n'ai toujours pas compris de quoi elle voulait parler. Tout ce que j'ai retenu c'est qu'elle voulait quitter son appartement actuel pour vivre dans un espace plus grand. Peu importe ce qu'elle a voulu dire d'autre, car c'est l'essentiel pour moi. Vivre avec elle est la plus belle des choses qui puissent m'arriver.

— Je serai devant le studio pour 18 h.

Ah ! Ce studio ! Mon endroit préféré. Je me souviens de nos retrouvailles devant le gigantesque miroir. J'adorais me regarder en train de lui caresser les seins, de la faire jouir. Hum… Merde ! Stop ! Il faut que j'arrête d'y penser. Je vais réveiller Popol.

Je l'embrasse encore de plusieurs petits baisers. Je fais courir ma bouche jusque sa nuque. Elle sent bon. Un mélange de cerises et de mon gel douche.

— Allez, j'y vais, dit-elle en me caressant la joue. J'ai du boulot qui m'attend.

Je cesse de l'embrasser à mon plus grand regret. Mais elle a raison. Il faut qu'elle parte maintenant sinon elle va se retrouver sur la banquette arrière de ma caisse d'ici cinq petites minutes. On n'a jamais baisé dans ma caisse. J'y ai déjà pensé plus d'une fois. Il va peut-être falloir que je songe à réaliser cette folie un de ces quatre. J'ai toujours plein d'idées derrière la tête. Je ne saurai jamais me calmer. J'ai le sang trop chaud, mais il faut dire que son corps est une terrible tentation surtout ses seins que j'adore plus que tout. Et puis, l'amour c'est toute la vie, la meilleure des choses que l'on puisse recevoir sur terre, alors autant en profiter.

— À tout à l'heure, ma puce. Je t'aime, lui murmuré-je entre ses lèvres.

Elle se met à rire.

— Ma puce ? C'est nouveau ça.

— Bah quoi ? C'est mignon, non ?

— Oui, c'est mignon. Je t'aime, mon vilain voyou.

Et elle pose ses lèvres vite fait avant de sortir de l'habitacle.

Alicia l'a appelée ce midi pour lui demander de lui donner un coup de main pour nettoyer le studio. Sur le coup, je voulais les aider, mais je me suis dit que ce serait l'occasion de faire un petit tour à Montrouge. Bien évidemment, je ne lui ai pas dit, car je sais qu'elle m'en aurait dissuadé. Mais je dois mettre un terme à cette histoire qui me taraude sans cesse.

À nous deux, Valens. Voyons ce que tu mijotes.

***

J'ai le cœur qui bat à tout rompre. Je viens de franchir le panneau « Montrouge ». Je serai devant la baraque de ce crétin d'ici deux minutes. Je ne sais pas ce que je vais lui dire, mais j'ai bien l'intention de retrouver Léa. J'espère qu'il ne lui est rien arrivé.

Tout en roulant, je taponne sur le haut de mon torse afin de vérifier si j'ai bien mon canif sur moi. Il est là. Je m'en servirai au cas où ce crétin me menacerait.

Mon téléphone se met à vibrer. Ça doit être Zoé, mon petit ange. Ma puce. Elle a l'air d'aimer ce nouveau surnom. Je ne lui ai pas avoué que j'allais me rendre chez Valens, mais je ne lui ai pas menti non plus. Quand j'en aurais fini avec tout ça, je passerais chez ma sœur pour voir ce qu'il en est avec ma mère. J'espère qu'elle a pris une sage décision. Diego est un homme nuisible. Il ne lui apportera jamais le bonheur qu'elle mérite.

Je me gare devant la baraque de cette ordure en découvrant une pancarte d'une agence immobilière accrochée sur le portail métallique. « À vendre ». Je l'examine de plus près. Étrange. Sa maison n'est pas à vendre par son agence. Mais pourquoi déménage-t-il ? Putain ! C'est vraiment ma veine !

Je serre le frein à main, me détache et sors de ma caisse. Je cours jusqu'au portail et appuie sur la sonnette. Je jette un coup d'œil en dessous, là où se trouve une boîte aux lettres rouge. Il n'y a rien de marqué dessus. Merde ! Est-il déjà parti ? Je ne vois pas grand-chose. La baraque se situe trop loin pour que j'y aperçoive un signe de vie. De plus, les nombreuses statues et arbustes me cachent la vue de la façade.

Je sonne une nouvelle fois, mais je sais que ça ne sert à rien. Il n'est pas là. Je ne vois pas non plus sa putain de Ferrari rouge. D'ailleurs, je suis persuadé qu'il n'a pas qu'une seule bagnole à son actif. Il doit bien en avoir plusieurs avec tout le pognon qu'il a.

Furieux, je cavale vers ma caisse. Je ne vois plus qu'une solution : me rendre à son agence. Je vais bien finir par le retrouver.

Avant de m'engager sur la route, j'extirpe mon téléphone de la poche de mon cuir. Oula ! Mon cœur bondit dans ma poitrine. La colère est en train de disparaître. Je ris. Ce n'est pas un message, mais une photo de ma jolie rouquine. En sous-vêtements noirs, tenant un balai dans une main et adoptant un sourire coquin. Ses yeux de biche font soudainement grossir ma queue.

Du calme ! Ce n'est pas le moment. Mais quelle effrontée ! OK, j'ai compris. Je lui ferai l'amour sur la banquette arrière dès que j'en aurai fini avec Léa et Valens.

Je lui compose un message :

Adrian:

Le 26 décembre 14 : 47

Je veux que tu sois qu'en sous-vêtements sous ton manteau lorsque je viendrai te chercher. Ne remets pas ta robe. À tout à l'heure.

Je souris en m'attachant. Je dois me rendre au plus vite à sa putain d'agence. Mon seul espoir. Espérons que la chance sera avec moi.

***

Paris, 11ᵉ arrondissement.

Je suis maudit, ce n'est pas possible. Je suis garé devant son agence, enfin son ancienne agence puisque maintenant c'est une boutique de lingerie. Putain ! Mais qu'est-ce qu'il mijote ? Il y a un truc, c'est certain. Où se trouve Léa, bordel ? J'en ai vraiment plus qu'assez. Suis-je destiné à ne jamais connaître la vérité ? Et si j'en parlais un peu à ma sœur pour voir ? Elle va me prendre pour un cinglé et je n'ai pas envie de lui parler de la photo que Zoé a reçue. Mais quelle poisse !

Je soupire puis desserre le frein à main. Je jette un coup d'œil dans mon rétroviseur puis m'engage sur la route. Il neige à petits flocons.

Je suis complètement perdu. Je ne sais pas quoi faire, mais malheureusement, il va falloir que je songe à tirer un trait sur tout ça. Après tout, Léa ne fait plus partie de ma vie maintenant. Qu'elle se débrouille ! Et je suis persuadé que je ne suis pas le père non plus. Je l'ai su dès qu'elle me l'avait annoncé. Ce qui me fait peur, c'est de trouver une nouvelle enveloppe rouge avec une photo à l'intérieur. Je vais prier chaque jour pour qu'on n'en reçoive plus.

Chapitre 20
« On oublie le reste »
(Jenifer)

Zoé

J'ai passé presque quatre heures à nettoyer le studio avec Alicia, mais malheureusement, nous sommes loin d'avoir fini. Je lui ai promis que je reviendrai demain. Il faut que tout soit nickel avant la reprise de janvier. Mon nouveau travail. Je suis déjà tout excitée. Nous venons d'établir un planning. Mon jour de repos sera le mardi comme ça je pourrai profiter de mon voyou. Je ferais moins d'heures que lorsque j'étais au café, mais je trouve que c'est suffisant. Ça me permettra d'imaginer de nouvelles chorégraphies pendant mon temps libre et de m'occuper de la paperasse. Je souris, car j'en connais un qui va apprécier que je lui montre mes idées. Mais pour lui, je serai très coquine. Je vois déjà son beau sourire se refléter sur son visage, ses pupilles qui s'enflamment et ses mains sur moi. Cet homme me fait vibrer alors qu'il n'est même pas avec moi.

— À quoi penses-tu ? me demande Alicia en se levant de sa chaise.

Je sursaute et cligne une fois des yeux.

— Euh… à rien.

Elle me regarde avec suspicion puis contourne le bureau pour me faire face. Je me sens rougir.

— Hum, toi… tu pensais à Adrian. J'ai vu ton sourire. Tu devais imaginer de belles choses.

Elle joue des sourcils puis attrape la bouteille d'eau qui est sur le bureau.

— Je préfère garder ce petit secret pour moi, dis-je en me levant de ma chaise.

Je chope mon sac et fouille à l'intérieur afin d'en sortir mon téléphone. J'aperçois un message d'Adrian, mais Alicia ne me laisse pas le temps d'y jeter un œil.

— Coquine ! J'imagine que ça devait être chaud.

Elle ne me lâche pas du regard lorsqu'elle apporte la bouteille à sa bouche. Je me mets à rire.

— C'est toujours chaud avec Adrian et je suis persuadée que ça en est de même avec Seb. N'est-ce pas ?

Elle avale une rasade d'eau.

— Seb est pas mal en son genre. Je ne m'ennuie pas. Il me fait des trucs de fous et…

Je pose mon téléphone sur le bureau et me bouche les oreilles.

— C'est bon, c'est bon. Je ne veux rien savoir de plus. Ta vie sexuelle ne me regarde pas.

— Oh… tout de suite ! Je n'allais pas te raconter ce qu'il se passe dans notre lit.

— Je me méfie avec toi.

Je la scrute d'un œil douteux en gainant ma lèvre inférieure entre mes dents pour m'empêcher de sourire.

— Dois-je te rappeler que je suis discrète comparée à toi ?

Je prends mon téléphone et lui tourne le dos pour éviter de lui montrer mon embarras. Je sais à quoi elle pense et je n'ai pas envie qu'elle aborde le sujet.

— Je ne vois pas de quoi tu veux parler.

Je l'entends rire dans mon dos.

— Moi je me souviens bien de Popol et Minou.

Mes pommettes me brûlent.

— Oh… c'est bon Alicia. On ne parle pas de ça, s'il te plait.

Elle enroule ses bras autour de mon cou et m'embrasse la joue.

— C'était pour rire. Je n'ai pas envie non plus de savoir ce qu'il se passe dans votre lit, mais je suis heureuse de te voir épanouie.

Elle me lâche et jette un coup d'œil à ma main.

— Ça, c'est une preuve qu'il tient à toi.

Elle admire ma bague.

— C'est pour quand le mariage ?

Je lève les yeux au ciel.

— Comme le dirait Guillaume, quand les poules auront des ailes.

Et je me mets à rire en m'éloignant d'elle afin de lire le message d'Adrian. Il me l'a envoyé il y a un peu plus d'une demi-heure.

Adrian
Le 26 décembre 17 : 22
Je décolle de chez ma sœur. N'oublie pas d'enlever ta robe. Je t'aime.

Je m'esclaffe de plus belle, ce qui intrigue Alicia puisqu'elle me scrute en souriant.

— Laisse tomber, dis-je en remettant mon téléphone dans mon sac. C'est une bêtise d'Adrian.

Et justement en parlant de lui, j'entends le klaxon d'une voiture. Il est à l'heure. Il est dix-huit heures pile.

— Tu peux lui dire que j'arrive dans deux/trois minutes ? Je dois aller au petit coin.

Elle hoche la tête.

— OK, vas-y. Je vais aller faire un petit coucou à mon beau-frère d'amour.

Je prends mon manteau et mon sac puis me dirige vers l'étage

— Et au fait, dit-elle avant de se diriger vers l'entrée. J'ai oublié de te dire que j'ai un scoop à te raconter.

Je fronce les sourcils.

— Un scoop ? De quel genre ?

— Eh bien… tu te souviens d'Anna ?

Comme si que je pouvais oublier cette fille qui a dragué Adrian devant mes yeux lorsque nous étions dans un pub. Certes, je détestais Adrian à cette période-là, mais je n'avais pas aimé le comportement de cette fille qui se collait contre lui et qui voulait le dévorer sur place.

— Ouais… je me souviens de ta copine. Pourquoi ?

— Je savais qu'elle fréquentait quelqu'un depuis plusieurs mois, mais elle n'a jamais voulu trop m'en parler. Et il y a quelques jours, elle m'a tout avoué.

Elle rit.

— Et donc ? demandé-je en remontant mon sac sur mon épaule.

— Eh bien, j'ai été vachement surprise.

— C'est-à-dire ?

— Bah… Elle a changé de bord. Elle fréquente une nana.

Je la regarde, ébahie.

— Une nana ?

— Oui, oui… tu m'as bien entendue.

— Oh… et bien, qu'est-ce qu'il lui arrive ?

Elle hausse les épaules.

— Je ne sais pas. Elle a voulu tenter et elle s'est rendu compte qu'elle avait des sentiments pour elle.

Je suis scotchée sur place. Elle qui était du genre comme Adrian… la nana qui sautait sur tous les mecs qu'elle voyait. Étonnant.

— Apparemment, ça à l'air d'être sérieux entre elles et elle m'a dit qu'elle me la présenterait bientôt.

— Je n'en reviens pas. Tu viens de m'en apprendre une bonne.

— Ouais… Je suis comme toi. Je ne comprends pas. Bon allez, j'y vais ou ton homme va s'impatienter.

— Oui, allez… file.

Et je monte à toute vitesse les escaliers. Il faut que je me dépêche.

***

Cinq minutes plus tard.

Je ne m'étais pas trompée. Je caille. Mais quelle idée ! En lingerie sous un manteau. Pourquoi ai-je vraiment fait ça ? Sérieux ? Il fait un froid cinglant. Et en plus, il neige à gros flocons. On a intérêt à partir vite. Je n'ai pas envie de me retrouver coincée dans les rues de Paris. J'ai envie d'être chez moi au chaud.

Alicia sort de la voiture d'Adrian lorsqu'elle me voit arriver.

— Bonne soirée et à demain, dit-elle avant de m'embrasser la joue.

— À toi aussi.

Je rentre dans l'habitacle, ferme la portière, lâche mon sac sur le tapis et me rue sur mon beau gosse. Je passe mes bras autour de son cou et l'embrasse comme si ma vie en dépendait. Il m'a manqué. Oui, OK, je suis accro à lui.

— Tu as fait ce que je t'ai dit ? me demande-t-il en me caressant la joue, ses yeux lumineux plantés dans les miens.

— À toi de voir.

Je papillonne des cils, le lâche et ne peux m'empêcher de sourire.

— Je vais regarder à ça après.

— Je pensais que tu aurais voulu me faire planer là.

Je lui désigne du menton la banquette arrière.

— J'ai prévu autre chose.

— Autre chose ?

Je le contemple, perplexe en fronçant les sourcils.

— Ouais… une surprise qui m'a pris sur un coup de tête. J'ai besoin d'évacuer le stress de ma journée.

D'évacuer le stress de sa journée ? Mais que s'est-il passé ?

— Pourquoi ? Tu as vu Diego ? Il a encore fait des siennes ?

Il fait non de la tête.

— Il n'était pas là. Ma mère a pris la bonne décision. Elle va le quitter et revenir par ici.

Ça, c'est une bonne chose.

Il me chope les mains et les apporte à sa bouche pour les embrasser chacune leur tour.

— Tu ne vas pas être contente, mais ne m'en veux pas, OK ?

Mon cœur martèle dans ma poitrine. Mais qu'est-ce qu'il a fait ?

Il me lâche les mains pour joindre les siennes, me faisant un signe de prière.

— Tout dépend de ce que tu vas me dire.

J'ai employé un ton un peu agressif. Tant pis. Je connais très bien ce voyou maintenant et je sais que je dois m'attendre à quelque chose qui ne va pas me plaire.

Je m'attache et croise les bras.

— Je suis allé chez Valens.

Je fais les gros yeux et hurle :

— Quoi ? Dis-moi que ce n'est pas vrai !

Je le vois déglutir et pâlir.

— Bah si, c'est vrai. Mais je ne l'ai pas vu.

Je souffle, agacée.

— Qu'est-ce que je t'ai dit ce matin, Adrian ? Tu le fais exprès ou quoi ? Tu m'écoutes un peu quand je te parle ?

— Euh…

Il se gratte le crâne. Oh ! Nom de Dieu ! Cela veut tout dire ! Je fulmine. Je vais lui mettre une claque si ça continue.

— Tu m'as dit que tu étais OK, alors pourquoi tu y es allé ?

Il fait une grimace avec ses lèvres, me faisant comprendre qu'il ne m'avait pas écoutée.

— Je te signale que c'est ta faute, se défend-il en en remontant un peu le chauffage. Dois-je te rappeler que tu m'as aguiché en plaquant tes seins sur ma bouche ?

Je ne peux m'empêcher de sourire. OK, c'est vrai. Il a raison. Je me suis montrée aguicheuse. Mais je trouve qu'il a abusé pour le coup.

— Ce n'est pas une raison. Tu aurais dû me demander de te le répéter !

Je soupire avec emphase et poursuis :

— Je t'ai dit qu'on devait faire un trait sur tout ça, que tu devais bloquer le numéro de Léa et que si on déménageait, on ne nous retrouverait peut-être pas.

Il semble désolé, car il ferme les paupières.

— Alors pourquoi m'as-tu dit OK ? insisté-je, les poings serrés.

— Parce que je voulais que tu abuses de moi.

Il joue des sourcils puis s'attache. Mon cuir chevelu picote. Il m'énerve.

— OK, excuse-moi. J'aurais dû t'écouter. Je suis vraiment désolé.

Il approche son visage du mien. Il veut m'embrasser. Non, mais il rêve ou quoi ? Je vais le punir et pas qu'un peu !

Je lui lance un regard lourd d'intensité :

— Non, Adrian ! Raconte-moi.

Il roule des yeux et met le moteur en route.

— Tu es chiante.

— Pas autant que toi.

Je grince des dents.

— On se vaut l'un l'autre.

OK, j'avoue qu'il n'a pas tort.

Il prend un air contrit.

— Écoute, commence-t-il à dire d'un timbre calme. Je voulais découvrir toute la vérité pour qu'on y mette fin une bonne fois pour toutes. Valens n'habite plus à Montrouge. Il a également vendu son agence immobilière. Je voulais vraiment savoir si c'était bien moi le père du fils de Léa, si elle est en danger et si c'est Valens qui est à l'origine de la photo que tu as reçue. Cette histoire me ronge tellement.

Il soupire fortement.

— Désolé, ma puce. Je ne voulais pas te mettre de mauvaise humeur. Je voulais simplement résoudre ce mystère.

Il m'offre un sourire un peu tristounet. Je comprends aussi son ressenti. Je sais que cette histoire nous perturbera tant qu'on ne l'aura pas résolue. Mais je veux vraiment qu'on la chasse de notre tête. Je ne vois que cette solution.

Je cesse de faire ma tigresse :

— OK, écoute. Voilà ce que je veux moi…

Je pose une main sur sa cuisse.

— Premièrement, tu bloques le numéro de Léa. Ce n'est pas à toi de gérer ses problèmes. Elle est peut-être en danger, mais ce n'est pas toi qui dois la secourir après tout ce qu'elle t'a fait.

— Je sais, chuchote-t-il en me caressant les phalanges.

— Et deuxièmement, on va quitter mon appartement pour trouver autre chose, comme ça on ne recevra plus de photo ni de message étrange. OK ?

Enfin… c'est ce que j'espère. Qu'on ne nous retrouve pas. Qu'on nous fiche la paix !

— Je suis OK. Cette histoire nous pourrit trop la vie. Il est temps de la chasser et de vivre pour nous. Je vais bloquer le numéro de Léa et promis, dès demain, on cherchera un nouveau logement. Est-ce que ça te va ?

Il bat des cils. Je me mets à rire.

— Bien sûr que ça me va. C'est ce que je veux. Et ne réponds plus non plus aux appels anonymes.

À mon tour de pencher ma tête vers la sienne pour qu'il m'embrasse. Et c'est ce qu'il fait. Délicatement, en posant une main sur ma joue.

— On oublie tout le reste et on vit que pour nous, lui chuchoté-je contre ses lèvres.

— Que nous. Oui… tu as raison. Je t'aime tellement.

Il plante un baiser chaud sur ma bouche. J'en frémis.

— Je t'aime aussi, Adrian, même si tu es hyper casse-pied.

— Je te signale que tu as cédé à mon caractère et que tu m'aimes pour ça.

Je souris et il m'imite.

— Je t'aime parce que tu me fais rire et que tu me rends heureuse. Et je sais que je n'ai pas un caractère facile non plus. Enfin, bref, ne pensons plus à tout ça. OK ?

— OK, de toute façon je t'ai prévu une surprise, alors je veux qu'on passe une bonne soirée sans qu'on se prenne la tête. Je vais faire briller tes yeux, ma petite tigresse.

Il prend un air mutin, enclenche la première vitesse et desserre le frein à main. Une surprise. Mais que me réserve-t-il encore ? Un diner aux chandelles ? Une nuit de folie ? J'ai hâte de la découvrir. Espérons qu'il ne m'emmène pas au restaurant, car sous mon manteau, je ne suis vêtue que d'une lingerie noire. Mais il ne ferait pas ça quand même ? Quoique… il en serait capable. Oh ! Merde ! J'ai la frousse tout d'un coup.

Chapitre 21
« Vertige de l'amour »
(Alain Bashung)

Adrian

— Qu'est-ce que tu fais ? me demande-t-elle lorsqu'elle s'aperçoit que je ne me dirige pas vers le chemin de son appartement.

Je souris en me concentrant sur la route. La neige commence à tenir au sol et à cette heure-ci il y a du monde sur la route. Je n'ai pas envie qu'un connard vienne bousiller ma bagnole.

— Je t'emmène quelque part.

— Mais où, Adrian ? Je te signale que je ne porte pas de robe sous mon manteau.

— Tant mieux.

Je tourne à droite puis me dirige vers la gare Saint-Lazare.

— S'il te plaît… réponds-moi, insiste-t-elle en posant une main sur mon épaule.

— Nan, je n'ai pas envie.

Elle souffle, ce qui me fait rire. Je m'engage dans le parking sous-terrain. Je prends un ticket et lui donne.

— Tu le verras d'ici cinq petites minutes. Ne sois pas si pressée.

Elle me chope le ticket vivement des mains puis le range dans son sac.

— C'est pas drôle. Je savais que ce n'était pas une bonne idée de la retirer.

Je me gare, serre le frein à main et me détache.

— Bien-sûr que si, c'est une bonne idée, lui murmuré-je en approchant mon visage du sien.

Je pose une main sur sa joue et la scrute droit dans les yeux.

— On va passer une chouette soirée.

Je lui fais un clin d'œil puis embrasse son front.

— Je te le promets.

— Tu parles ! Je suis pratiquement nue moi. Je vais devoir garder mon manteau tout le long du repas.

Elle se renfrogne en croisant les bras et incurve ses lèvres. Oh ! Ses lèvres sublimes que j'imagine déjà sur moi. Bon sang… Quittons ma caisse au plus vite.

— J'espère au moins que tu as prévu de m'emmener dans un bon resto.

Je m'esclaffe. J'ai prévu bien mieux que de l'emmener au restaurant, mais je ne compte pas lui dire maintenant.

Je sors de la voiture et ouvre la portière arrière afin de prendre un sac à dos. Je crois qu'elle va m'en vouloir, car je n'ai pris que le strict nécessaire. Mais elle sera vite éblouie lorsqu'elle découvrira l'endroit de rêve que je lui réserve pour la soirée. Nous ne repartirons que demain matin. J'ai besoin de ça après la journée de merde que j'ai passée. C'est ma sœur qui m'a donné l'idée quand elle a vu mon état. Elle m'a dit que ça me ferait du bien et je n'ai pas hésité à faire une réservation.

Elle sort à son tour en claquant la portière d'un coup sec puis m'observe d'un air suspicieux.

— Qu'est-ce qu'il y a dans ce sac ?

Elle tente de me le prendre des mains, mais je m'empresse de le mettre sur mon dos.

— T'es vraiment curieuse. Je t'ai dit que tu le sauras d'ici quelques minutes.

Elle se tait, mais son regard ténébreux en dit long.

— Bon… tu arrêtes maintenant ? lui dis-je en lui prenant la main.

— J'arrête quoi ?

Elle fronce les sourcils.

— De faire la tigresse butée. Qu'est-ce qu'on vient de dire ?

Elle baisse les yeux, comme si elle avait honte de son comportement.

— Une soirée de rêve en perspective t'attend, ma chérie. Alors, détends-toi.

Elle relève la tête, un petit sourire gêné sur les lèvres.

— Désolée, mais… je ne suis pas à l'aise. Et puis… j'ai froid.

C'est vrai, je remarque qu'elle a les lèvres bleutées. Mais ce n'est pas très grave puisque je vais les réchauffer d'ici quelques minutes.

— Tu n'auras plus froid quand on sera arrivés. Allez… dépêchons-nous.

Je lui prends la main puis nous marchons silencieusement dans le parking souterrain. Dès que nous sortons, Zoé grimace et remonte son écharpe afin de protéger toute sa nuque. Je souris en la contemplant. Ses lèvres grelotent, ses joues rougissent par la fraîcheur du soir, mais elle est magnifique. Elle a attaché ses cheveux d'une tresse africaine de chaque côté de sa tête en laissant quelques mèches rebelles s'y échapper.

C'est au cœur d'un des quartiers les plus vivants de Paris, autour des temples du shopping et des spectacles que j'emmène ma moitié dans un décor de rêve. Un hôtel luxueux qui j'avoue m'a coûté un bras juste pour une nuit, mais ça n'a pas d'importance. Tout ce que je veux, c'est qu'on passe un moment tranquille simplement à deux.

Nous pressons nos pas, la tête baissée vers le macadam blanc lorsque la neige se met à tomber à gros flocons. Arrivé à destination, j'ouvre la porte de l'hôtel et la fais entrer en premier. Nous balayons la neige de nos manteaux, secouons nos chaussures puis nous nous dirigeons vers l'accueil. Je regarde Zoé à la dérobée qui semble émerveillée. Ses yeux pétillent d'admiration. Elle est subjuguée par le décor chic et apaisant que lui offre cet endroit. J'avoue que c'est magnifique. Les murs sont recouverts de briques marron foncé parés de plusieurs miroirs et les spots incrustés au plafond apportent une ambiance intime.

— Bonsoir, dit une hôtesse accueil d'un timbre très enthousiaste, les cheveux bruns tirés à l'arrière en un chignon bas, vêtue d'un tailleur bleu marine. Bienvenue au « Royal palace ». Vous avez réservé ?

— Bonsoir. Oui, j'ai fait une réservation au nom de monsieur Legrand.

— Très bien. Je vais regarder à cela.

Elle pointe la souris vers l'écran de son ordinateur en affichant un grand sourire puis ouvre un tiroir. Elle en sort une carte d'accès d'une chambre puis un badge magnétique qui servira à nous rendre au SPA. Elle nous montre une brochure en nous expliquant le plan de l'hôtel.

— Je vous remets également des bracelets, ce qui vous permettra d'accéder à tous les services que propose l'hôtel. Vous avez également droit à une heure privative au SPA.

Elle me donne des bracelets bleus puis consulte de nouveau son ordinateur.

— Une personne viendra vous chercher pour 19 h.

Elle nous sourit. Ses lèvres brillent d'un rouge pétant.

— Avez-vous besoin d'un autre renseignement ?

— Non, ça ira, dis-je en prenant la main de Zoé.

— D'accord. Alors je vous souhaite une agréable soirée.

Nous la remercions puis nous nous dirigeons vers l'ascenseur. J'appuie sur le bouton qui mène au premier étage puis serre ma petite chérie contre moi en enroulant mes bras autour de son cou.

— Ça te plaît ? Juste… toi et moi dans cet endroit de rêve ?

Elle me lance un regard amoureux et au lieu de me répondre, elle joint ses lèvres aux miennes puis plonge sa langue dans ma bouche. Elle m'embrasse avec ferveur. Je jubile. Ses mains s'égarent dans mes cheveux légèrement trempés tandis qu'une des miennes court en dessous de son manteau. Ses jambes sont froides. Mes doigts se faufilent vers sa culotte en dentelle. Elle me donne le vertige de faire rouler sa langue si avidement contre la mienne. Putain ! Si ça continue, je vais lui faire l'amour dans l'ascenseur, mais les portes s'ouvrent ce qui nous stoppe dans notre folie. Nous nous regardons béatement et nous nous esclaffons lorsque nous sortons. Nous venons de nous faire capter par un couple d'une soixante d'années, bon chic, bon genre qui entre à leur tour dans l'ascenseur.

— Tu exagères, Adrian. Tu aurais pu avoir un peu de tenue, me lâche-t-elle en me donnant une petite tape sur le bras.

Elle bat des cils, l'effrontée.

— Aguicheuse.

— Qui, moi ?

— Oui, toi.

Elle pose son index sur ses lèvres. Il va finir dans sa bouche et elle va le sucer dans une lenteur infinie en me contemplant d'une façon coquine. Je connais son petit manège. Et voilà, j'avais raison. C'est ce qu'elle fait. Mon sexe gonfle juste pour ça. J'aimerais qu'elle me fasse la même chose sur mon anatomie préférée. Oh, bon sang ! Que je découvre vite cette chambre. Je commence à me sentir à l'étroit dans mon jean.

Je cesse de la regarder afin de ne pas la plaquer dans un coin du couloir. Je ne vais quand même pas me montrer en spectacle devant tout le monde. Quoique… il n'y a personne, ça pourrait être drôle.

Non… ce n'est pas une bonne idée, Adrian ! Chasse-toi ça de la tête !

Je marche tranquillement dans le couloir et cherche après le numéro de la chambre. Je la trouve très rapidement. J'insère la carte dans l'emplacement prévu sur la porte et ouvre.

— Prête pour une nuit de rêve ?

Elle murmure un oui puis papillonne des cils, son index toujours dans la bouche puis elle entre. Je ne peux m'empêcher de sourire. Je suis certain qu'elle n'a plus froid. Moi en tout cas, j'étouffe et j'ai hâte de me mettre à poil.

J'appuie sur l'interrupteur pour éclairer notre chambre puis admire le décor. Ça en jette un max. Le lit est immense. On va pouvoir en faire des choses là-dedans. Il est couvert d'un drap ivoire et de nombreux coussins turquoise et marron. Les murs sont blancs pailletés et le sol est en parquet gris un peu vieilli. J'apprécie le grand miroir qui se situe au-dessus de la tête du lit. J'adore les miroirs. Ouais… j'aime me regarder quand je fais de belles choses sur ma partenaire.

Je pose le sac à terre puis explore la salle de bains. Elle est spacieuse. Elle est recouverte entièrement de carrelage blanc brillant et comprend une immense douche italienne luxueuse en verre. Plusieurs produits sont mis à notre disposition sur la vasque en marbre. J'y jette un coup d'œil vite fait. Putain ! Le pied ! Ce sont des huiles de massage. Cette soirée va être au top du top. Je vais la chouchouter jusqu'au bout de la nuit. J'en suis déjà tout émoustillé.

Je sors de la salle de bains et aperçois une table ronde drapée d'une nappe blanche près de la porte-fenêtre. Un chandelier est posé en plein milieu accompagné de deux coupes et d'une bouteille de champagne.

— Tu n'as vraiment pas fait les choses à moitié, s'exclame ma beauté, joyeuse.

Un magnifique sourire vient se dessiner sur son beau visage.

— Bah, non, qu'est-ce que tu crois ! Je peux être romantique parfois.

Elle retire son écharpe et la pose sur la chaise noire qui se situe à côté d'elle. Je lui fais un clin d'œil et m'en approche d'une démarche nonchalante.

— Pourquoi ?

— Pourquoi quoi ?

Je fronce les sourcils et louche sur sa bouche ensorceleuse qui me donne déjà des idées gourmandes.

— Pourquoi tout ça ? me demande-t-elle en me désignant du menton la chambre.

— Pour évacuer tout le stress de ma journée, mais aussi pour rattraper tout ce qu'on n'a pas pu faire dans le chalet de ma sœur.

Ses yeux pétillent. On dirait qu'elle va pleurer.

— Merci. C'est…

Une larme se met à rouler sur sa joue. Oh ! Bah merde alors.

— Qu'est-ce qui t'arrive ?

Je pose ma main sur sa joue.

— Tu n'aimes pas mon idée ?

— Bien sûr que si. C'est tellement magnifique que je n'ai pas de mot.

Ça me touche qu'elle soit si épanouie. Je sais qu'elle ne joue pas la comédie. Son regard est sincère. Quand j'étais avec Léa, j'aimais également la rendre heureuse, mais jamais je n'ai vu cette étincelle dans ses yeux comme Zoé l'a actuellement. Le mot « aimer » est trop petit pour qualifier mon amour. Elle m'a fait passer de l'ombre à la lumière en un rien de temps. Elle éclaire mes journées sombres pour les rendre rayonnantes. Elle sait me faire sourire dans les moments difficiles. Elle fait de moi un homme comblé. Elle est comme une partition de musique qui rythme les battements de mon cœur pour me faire vibrer en douceur ou de façon endiablée. Je dois avouer que je suis un putain de chanceux. Elle est à moi et personne ne me la prendra. Et là, je vais retirer son manteau trop envahissant pour savourer son corps appétissant. Il est temps de passer à l'action.

— Alors, remercie-moi, lui soufflé-je d'une voix placide avant d'effleurer mes lèvres sur les siennes.

— OK.

Elle pose ses mains sur mes épaules, prête à ôter mon cuir, mais elle s'arrête de me déshabiller lorsque mon téléphone se met à sonner. Putain ! Pas maintenant ! Je vais l'éteindre.

Je le sors de la poche intérieure de mon cuir et blêmit en apercevant le prénom sur l'écran. Mon sang bat dans mes tempes. Je contemple Zoé qui fronce les sourcils puis elle me le prend brusquement des mains. Son visage devient rouge pivoine. Elle respire à plein poumon puis me demande :

— Qu'est-ce que tu comptes faire ?

Je tente de lui reprendre mon téléphone, mais elle le cache derrière son dos. Je soupire et lui dis :

— Je vais faire ce qu'il y a de mieux.

Chapitre 22
« Nuit de folie »
(Début de soirée)

Adrian

— Allez… rends-le-moi, je vais bloquer son numéro.

Je tends la main devant elle afin qu'elle me rende mon téléphone, mais elle fait non de la tête.

— J'ai envie de le faire moi-même. Je ne veux plus qu'elle vienne s'immiscer dans notre vie. On l'oublie celle-là.

— OK… comme tu veux. Fais-toi plaisir.

Un sourire victorieux s'affiche sur son visage. Elle a raison. On doit mettre toute cette merde derrière nous maintenant. Léa ne fait plus partie de ma vie alors si elle a un souci, elle n'a qu'à demander de l'aide à son entourage… Pourquoi vient-elle toujours me faire chier ? Cela dit, je vais me la chasser définitivement de la tête. Personne ne viendra nous déranger ce soir. Mais à croire que je suis maudit puisqu'on mon téléphone se met de nouveau à sonner.

— C'est Guillaume, dit-elle.

— Guillaume ?

Elle hausse les épaules.

Je retire mon cuir, le pose sur une chaise et prends le téléphone. Je décroche.

— Salut, p'tit con ! Comment vas-tu ?

Je lève les yeux au plafond.

— Bien, tête de lard ! Pourquoi m'appelles-tu ?

Je l'entends rire, ce qui me fait sourire.

— Bon alors ? Qu'est-ce que tu veux ? demandé-je en regardant par la porte-fenêtre.

La neige tombe de plus en plus fort. On va être coincé dans cet hôtel pendant plusieurs jours si ça continue. Quel rêve !

— Je suis en train de faire les réservations pour le réveillon du Nouvel An. Il me reste quelques places. Est-ce que ça vous dirait de venir ?

— Euh… Je ne sais pas. Attends… je vais demander à Zoé.

Je me retourne et la découvre en lingerie. Putain de bordel ! Elle vient de réveiller mon anatomie préférée.

J'éloigne le téléphone de mon oreille et lui dis :

— T'es appétissante, ma chérie. Je vais t'en faire des belles choses dans ce lit.

Elle papillonne des cils et tapote le lit pour que je m'y asseye, tout ça, en prenant une pause bien explicite. Son petit postérieur bien rebondi me donne envie de le fesser. Oh ! Bordel ! Il faut que je retienne mes pulsions.

Je m'assieds sur le bord du lit.

— Tu veux passer le réveillon du Nouvel An à la crêperie de Guillaume ?

— Oui… pourquoi pas.

Elle affiche un air espiègle puis grimpe sur mes genoux. Je ne peux m'empêcher de poser ma main libre sur son cul.

Je remets le téléphone à mon oreille.

— Elle a dit oui.

— Super. Parfait.

— Et tu as prévu un thème ?

Zoé s'empresse de déboutonner ma chemise de ses mains intrépides tandis que je remue la mienne sur son joli fessier. Je la fourre sous sa culotte en dentelle.

— Oui, comme à chaque fois. Soirée ringarde, ça te va ?

Je relève un sourcil.

— Hein ?

— Je plaisante.

Il rit.

— Ce sera soirée Charleston.

— OK. Seb et Alicia seront là aussi ?

— Ils viennent de me dire oui.

— Super, on va…

Putain ! Mais qu'est-ce qu'elle fout ? Elle me colle ses nichons sur le visage.

— P'tit con ? Tu es toujours là ?

— Euh… ouais. Attends… j'étouffe. J'ai dû mal à respirer.

— Tu t'étouffes avec quoi ? Tu es en train de me foutre la trouille, Adrian !

Maintenant elle frotte son sexe contre le mien, pose ses paumes sur ma poitrine et me fait basculer contre le matelas.

— Mais qu'est-ce que tu fous ?

— Moi… rien. C'est Zoé. Elle est sur le point d'abuser de moi. Elle m'étouffait avec ses seins.

Elle devient rouge et me fait les gros yeux.

— Mais, tais-toi, chuchote-t-elle.

Elle lève une main en l'air, prête à me frapper, mais je l'intercepte.

— Oh ! Mais t'es con, je te jure ! Bon allez… je vais te laisser t'étouffer alors. Bonne bourre, mec et à jeudi prochain.

— Ouais, salut et merci. Je sens que je vais bien m'amuser.

Zoé me chope le téléphone vivement des mains, légèrement furieuse. Elle raccroche et le jette vers la tête de lit.

— Arrête de dire tout haut ce qui te passe par la tête.

Je m'esclaffe et pose mes mains à ses joues. Je prends son visage en coupe et l'embrasse.

— Fais-moi l'amour, ma beauté. Abuse de mon corps.

Elle observe ma bouche et m'offre un petit baiser chaste.

— Après.

— Après quoi ?

— Après le jacuzzi.

Et elle se lève, me laissant tout pantelant, le jean prêt à se déchirer tellement que ma queue s'est mise à grossir par sa provocation sexy.

— Il est presque 19 h. On va devoir partir.

Je grogne en me levant et lui lance un regard intense. Ça la fait glousser bien évidemment. Mais ce n'est pas grave, je vais la rendre dingue dans le bain à remous.

Je chope mon sac et extirpe mon appareil photo.

— Ne me dis pas que tu as mis que ton appareil dedans ?

Elle se pointe devant moi, les poings sur les hanches.

— Non, j'ai quand même pensé à prendre ta brosse à dents et des capotes.

— C'est tout ?

— Bah ouais. Que voulais-tu que je mette d'autre ?

Elle soupire.

— Tu aurais pu prendre une culotte. Je vais faire comment demain ?

— Bah tu n'en mettras pas. Ça ira plus vite pour que je m'occupe de toi en rentrant.

Je lui souris de toutes mes dents.

— Tu me désespères.

Je me marre, allume mon appareil et le pointe devant mes yeux.

— Ah non, Adrian… tu ne me prends pas !

— Si, je vais te prendre dans le jacuzzi après.

Elle se retient de rire en enfonçant ses dents dans sa lèvre inférieure.

— Allez, fais-moi un sourire, s'il te plait.

Bien évidemment, ce n'est pas ce qu'elle fait. Elle me tire la langue. Mais peu importe, je fais quelques clichés, surtout des gros plans sur sa poitrine sublime. Sa poitrine qui vient de m'étouffer… J'aimerais bien qu'elle recommence.

— Je veux aller au SPA, mais pas comme ça.

Elle s'inspecte de bas en haut.

— Non… tu as raison. À poil, mademoiselle Simon. Et que ça saute !

Elle lève les yeux au ciel puis se dirige vers la salle de bains. Hors de question que je loupe une miette de son déshabillage.

Je pose mon appareil sur le lit puis la rejoins. Je la découvre nue en train d'attraper un peignoir blanc.

— Tu te rinceras l'œil après, dit-elle en l'enfilant. Allez… mets-le tien.

Elle noue son peignoir à mon plus grand regret. Je ne la quitte pas du regard quand je retire ma chemise. Je la jette au sol, puis s'en suit tout le reste de mes vêtements. Elle sourit lorsqu'elle remarque que mon sexe est au plus haut de sa forme.

— Donc toi tu as le droit de te rincer l'œil ?

Elle met les chaussons blancs en fourrure prévus pour aller au SPA.

— Bien évidemment.

Et elle sort rapidement de la salle de bains en ricanant.

J'ai une tigresse barge, mais elle fait tellement vibrer mon cœur.

J'enfile le peignoir et les chaussons puis quitte la pièce avec deux serviettes blanches dans les mains. Je l'aperçois assise sur le lit en train de trifouiller à son annulaire. Elle retire la bague que je lui ai offerte et la pose sur la table de chevet.

Quelqu'un frappe à la porte. Je me dirige vers celle-ci et découvre un mec d'une quarantaine d'années, les cheveux bruns plaqués à l'arrière, habillé d'un costard noir. Je me retiens de rire lorsque mon regard rive sur son nœud papillon rouge. Je ne sais pas ce que j'ai avec ça, mais je trouve que c'est ridicule.

— Bonsoir, dis-je.

— Bonsoir. Je viens vous chercher pour vous emmener au Spa.

Je hoche la tête et appelle Zoé.

— Bébé, tu es prête ?

— Euh… oui.

Elle me lance un regard mauvais puis avance vers moi. J'enlace ses doigts. Je sais qu'elle n'aime pas que je l'appelle de cette façon-là, mais c'est plus fort que moi, j'adore l'emmerder.

— Suivez-moi, dit l'homme au nœud papillon rouge.

Je ris lorsque je ferme la porte. Zoé me regarde en fronçant les sourcils, ne comprenant pas ma réaction.

— C'est rien. C'est l'effet nœud papillon. C'est un peu de trop, tu ne trouves pas ?

— Oh toi, alors ! T'es vraiment pas sortable, me chuchote-t-elle.

Je continue de rire, ce qui me donne le droit de recevoir une petite tape sur le bras puis nous suivons monsieur « nœud papillon » qui nous emmène jusqu'à l'ascenseur.

Une fois sortis, nous longeons un long couloir sombre, éclairé par quelques lustres à pampilles baroques en cristal. J'ai l'impression de me trouver dans un manoir. Les murs sont recouverts de briques de parement ornés de nombreux miroirs ronds et le sol est décoré d'un long tapis rouge. Monsieur « nœud papillon » ne dis pas un mot, ce qui me fait rire sans cesse.

— Arrête, Adrian, murmure Zoé en fronçant les sourcils.

— J'ai rien fait.

Elle roule des yeux.

— Tu vas me foutre la honte.

— On s'en fout, ma puce.

Je forme un cœur avec ma bouche pour qu'elle m'embrasse, mais elle n'approche pas ses lèvres des miennes.

— Attends qu'on soit rentrés. Un peu de tenue quand même !

Comme si j'allais m'arrêter. Je n'ai peur de rien. Je m'en fiche de savoir ce que peuvent penser les autres. On a qu'une vie, alors… autant en profiter.

Je l'attire contre moi, plaque une main sur sa joue et m'empare de ses lèvres chaudes. Je l'embrasse fermement en émettant un petit râle puis je la scrute droit dans les yeux.

— J'avais envie de faire ça.

— Tu es vraiment…

— Incorrigible. Oui… je sais.

— On dirait que tu as bu.

— Tu me rends ivre simplement par un regard, Zoé. Tu ne peux pas savoir à quel point tu me fais de l'effet.

Je lèche ma lèvre inférieure avec lenteur en observant sa bouche pulpeuse tandis que monsieur « nœud papillon » se racle la gorge. Il me fait sursauter.

— Nous sommes arrivés. Passez un agréable moment de détente.

Oh que oui que je vais me détendre !

Il m'indique l'emplacement pour insérer mon badge puis nous continuons notre chemin sans lui en passant par un tourniquet.

Nous y voilà, enfin. C'est surprenant. On y découvre une porte marron emprisonnée par une grille en fer. Je trouve cette idée originale.

J'ouvre la grille, entre et la referme avant que Zoé me rejoigne.

— Mais qu'est-ce que tu fais ? me demande-t-elle en agrippant les barreaux en fer de ses deux mains.

— Je te fais entrer si tu me promets que tu vas abuser de moi.

Elle pouffe de rire.

— Pourquoi moi ? Et toi, tu comptes abuser de moi, j'espère ?

Je me cramponne à mon tour et la regarde intensément dans les yeux.

— Toute la nuit, mais je veux que tu commences.

— Alors, ouvre-moi et tu verras bien.

Je lui souris en coin.

— Bienvenue, mademoiselle. J'espère que cet endroit va vous plaire.

J'ouvre la porte marron qui se situe derrière moi et lui fais signe de rentrer. Je n'en crois pas mes yeux. C'est tellement beau.

— Magnifique, dit Zoé en jetant un coup d'œil autour d'elle.

Je ferme la porte et m'aventure dans la pièce. Ça m'a peut-être coûté un bras, mais ça en vaut vraiment la chandelle.

Je pose les serviettes sur un banc en bois puis me débarrasse de mon peignoir ainsi que de mes chaussons ridicules. Me voilà nu à explorer l'endroit. Zoé glousse en m'admirant de haut en bas puis libère le nœud de son peignoir. Elle le glisse le long de ses bras. Il s'échoue immédiatement sur le parquet gris clair puis elle avance vers le bain à remous rectangulaire. Un chemin de pétales de roses nous amène vers celui-ci qui est parsemé de nombreuses bougies LED. L'eau change de couleurs toutes les cinq secondes. Elle passe du rose au bleu. Puis du bleu au vert.

— Allez… viens, dit-elle en grimpant dans le jacuzzi.

Je la suis et entre à mon tour. Une odeur de fleurs vient jusqu'à mes narines. L'endroit est très spacieux. L'eau est à une température ambiante. Je me cale contre la paroi et bouge mes doigts devant ma dulcinée pour lui faire comprendre de se mettre contre moi. Elle obtempère. Son dos se colle mon torse. Je la serre fortement en encerclant mes bras autour de son ventre et embrasse ses cheveux qui sentent bon la cerise. Je pourrais humer l'effluve qu'elle dégage pendant des heures. Ça m'apaise. J'ai l'impression de planer.

Putain, Zoé ! Tu m'as vraiment ensorcelé, mais j'adore ça !

— Tu aimes ? lui chuchoté-je en faisant glisser mes lèvres le long de son cou.

Je le parsème de baisers doux et tendres puis lui susurre un « je t'aime » au creux de l'oreille.

— J'en suis fan, Adrian. Je n'étais jamais venue dans un endroit aussi magnifique.

Je suis heureux que ça lui fasse plaisir.

Je chope ses deux tresses et les enroule autour de ma main afin de lui faire pencher la tête. Je lui lance un regard magnétique et ouvre légèrement la bouche. Je me perds déjà dans ses superbes yeux vert émeraude.

— Tu es belle.

J'ai pris un timbre suave, ce qui la fait rougir.

— J'ai envie de toi.

— Tu as toujours envie de moi, Adrian.

Elle se met à rire puis m'effleure du bout des doigts ma joue. Je me laisse emporter par sa tendresse.

— Je sais. Mais tu aimes ça.

Je lâche ses tresses.

— Oui… tu pimentes ma vie, voyou.

Elle se retourne et s'assied sur mes jambes. J'aime la vue qu'elle m'offre. Je ne peux m'empêcher de loucher sur sa poitrine.

— Donc, dès demain on cherche après un nouvel appart ?

Elle enfouit une main dans ma chevelure puis me masse le crâne. Je ferme les yeux.

— Ouais… si tu veux.

Je m'abandonne complètement en rejetant légèrement la tête en arrière, la bouche entrouverte qu'elle suçote sans plus attendre. Maintenant, elle lèche ma lèvre inférieure ce qui me provoque une explosion d'adrénaline puis elle me la mordille délicatement.

— Où aimerais-tu vivre ? me demande-t-elle d'un ton mielleux avant de recommencer son petit manège.

Mes mots restent coincés dans ma gorge, car ce coup-ci, elle se met à grogner en suivant le pourtour de ma lèvre.

— Tu ne sais pas ? insiste-t-elle.

Elle promène maintenant ses mains sur mon torse. Mon ventre frémit. Qu'est-ce que je me sens bien là.

— Peu importe. Le principal c'est que tu sois avec moi.

— Il faudrait trouver un logement pas très loin du studio de danse pour que je puisse m'y rendre facilement sans prendre le métro.

Je rouvre les yeux et grimace. Je n'aime pas qu'elle parle de métro.

— Je te conduirai.

— Tu ne pourras pas toujours le faire. C'est pour ça que j'ai pensé à passer le permis, mais je n'ai pas trop envie d'apprendre dans Paris.

Elle plonge une main sous l'eau. Décidément, elle a le feu aujourd'hui. Elle masse mes testicules en m'offrant un regard de diablesse, ce qui fait gonfler ma queue en un coup d'éclair.

— Jamie pourra sûrement m'apprendre.

— Zoé… Ne me parle pas de Jamie quand tu me touches, s'il te plait.

Elle se met à rire.

— Il est gentil.

M'en fous qu'il soit gentil ou pas. Je n'ai pas envie de parler de lui.

— Ouais…

— Je n'ai même pas eu le temps de lui demander s'il avait réussi à avoir la garde son fils et…

Je pose mon index sur sa bouche.

— Tu m'en parleras plus tard si tu veux, car je risque de débander.

Elle glousse puis enserre ma queue dans sa main.

— Tu ne l'aimes pas, c'est ça ?

Je lâche un petit soupir.

— Je n'ai pas dit ça, mais je dois admettre qu'il a été sympa le jour du réveillon de Noël.

Je pose mes mains sur ses seins et les pétris.

— Et maintenant, concentre-toi sur ta tâche. On parlera de lui plus tard ainsi que de ton envie de passer le permis. Au travail, mademoiselle Simon.

Elle niche sa tête dans mon cou en rigolant puis elle continue ce qu'elle était en train d'entreprendre. Je pousse un grognement lorsqu'elle va et vient, trouvant le bon rythme pour me faire planer.

Elle me livre sa bouche. J'y insère ma langue à l'intérieur. Je la dévore, l'embrasse avec fougue tout en prenant son visage entre mes mains. Elle continue de me mouvoir en adoptant une cadence plus rapide. Elle est déchaînée. J'aime ça. Prends tout de moi, Zoé. Fais-moi vibrer. Oh oui, encore. Putain ! À ce rythme-là, je vais éjaculer sans l'avoir pénétrée et ce n'est pas ce dont j'ai envie. J'adore être en elle, mais je sais que ça ne va pas être possible puisque j'ai oublié les capotes dans la chambre. Eh merde ! On va devoir se contenter simplement de se toucher. Parfois, j'aimerais la sentir sans le latex qui couvre mon sexe. On n'en a pas encore parlé pour le moment, mais il faudrait qu'elle songe à prendre la pilule. Ça m'énerve de toujours mettre ces machins sur ma queue.

— Putain, arrête.

Elle recule le visage et fronce les sourcils.

— On commence seulement. Tu es sûr que tu vas bien ?

— Ouais, mais les capotes sont dans la chambre.

— Et alors ? Je peux continuer quand même.

Elle papillonne des cils et soutient le rythme. Ses yeux sont emplis de malice.

Et tout d'un coup, je ne sais pas ce qu'il lui prend, mais elle soulève les fesses et dirige mon sexe vers le sien.

— Zoé…

— Quoi ?

— Tu joues avec le feu, là.

— Mais non… je n'ovule pas. Je vais bientôt avoir mes règles.

Elle a lu dans ma pensée ou quoi ?

— Il n'y a pas de danger et…

Ses joues deviennent roses.

— Et ? répété-je.

— J'ai trop envie de toi là maintenant.

Et moi donc…

— Continue avec tes mains ou avec ta bouche si tu veux.

Elle secoue la tête et ne lâche pas mon regard lorsqu'elle s'empale lentement sur moi. Putain de merde ! Je ne peux plus lui dire d'arrêter. L'adrénaline est à son comble.

— Zoé… putain ! Tu es…

— Incorrigible ?

Je souris.

— Un peu ouais.

— C'est parce que c'est toi qui m'as appris à être comme ça.

Elle n'a pas tort.

— Alors… tu aimes sans capote ? m'interroge-t-elle.

Elle me tient par le cou en prenant un sourire vorace puis descend sur ma queue millimètre par millimètre. Elle s'enfonce plus profondément puis remonte dans une lenteur infinie me provoquant une un frisson phénoménal. Je reste sans voix. Je savoure sa folie et ferme les paupières. Elle va et vient comme ça pendant un petit moment.

— Tu ne m'as répondu.

— C'est parce que c'est oui. Continue.

Et elle s'exécute encore et encore, me faisant vibrer de la tête au pied. Elle y va franchement, avec beaucoup d'assurances.

— Oh… Adrian.

Mes yeux s'ouvrent lorsqu'elle pousse un cri. Elle geint. Qu'elle est belle, la tête rejetée en arrière, les paupières closes et la bouche grande ouverte. Si ça continue, je vais jouir à mon tour. Mais il ne faut pas, je ne dois pas verser mon foutre en elle. Non, on a tout le temps et j'avoue que ça me fait peur. Et cette peur c'est à cause de Léa. Oui, à cause de tout ce qu'elle m'a fait endurer. Et si c'était vrai ce qu'elle m'a raconté ? Est-ce moi le père de son gosse ? Putain ! J'avais dit que j'allais tirer un trait sur cette histoire, mais elle vient quand même foutre le bordel dans mon cerveau. Garce !

Je pose mes mains sur ses hanches et la freine dans son élan.

— Dans la chambre, Zoé.

— Non… je veux vibrer encore.

Mais quelle gourmande !

— Moi aussi j'en ai envie, mais on prend trop de risques. Je ne veux pas que ça recommence.

Elle ouvre les paupières et me regarde bizarrement. Ses iris deviennent sombres. Merde !

— Que ça recommence ? Je ne suis pas Léa ! crie-t-elle.

Sa voix résonne dans la pièce. Je suis vraiment trop con ! J'aurais dû me taire.

— Non… ce n'est pas ce que j'ai voulu dire. Je suis désolé. Je sais bien que tu n'es pas comme Léa.

Elle est toujours furieuse. Son visage fulmine. Putain ! J'en ai ma claque que cette nana vienne semer la pagaille dans notre couple.

Zoé se retire et sort précipitamment de l'eau.

— Reviens. Je viens de te dire que je regrette.

Elle fait la sourde oreille puis attrape la serviette blanche sur le banc en bois.

— Zoé…

Elle souffle et m'émet un doigt d'honneur. OK, je l'ai perdue. Je vais me foutre des claques. Ce n'est pas comme ça que j'imaginais la soirée. Il faut toujours que ça dégénère.

Je sors du jacuzzi et cours vers elle. Je lui attrape son poignet et l'attire contre moi.

— Lâche-moi, Adrian !

Elle lève sa main libre pour me taper.

— Si tu fais ça, je ne me gênerai pas pour le faire sur tes fesses.

— Je m'en fiche ! Je veux que tu me laisses tranquille !

Elle me frappe sur le bras comme une furie.

— Non, je ne te lâcherai pas. Je veux que tu m'écoutes !

J'ai haussé la voix. Si ça continue, on va se faire expulser de cet endroit de rêve.

— Arrête de faire la gamine, bon sang ! Tu ne vois pas que je suis en train de m'excuser ?

Je fronce les sourcils. Elle ouvre la bouche pour protester, mais je m'exprime avant elle :

— Je sais que tu n'es pas comme Léa. Au contraire…
j'ai confiance en toi, mais ce que j'ai voulu dire c'est que je
n'ai pas envie de me retrouver avec un gosse maintenant.

— Mais je sais ce que je fais, Adrian. Et puis… je t'ai dit
de la chasser de ta tête. Tu étais en train de penser à elle
alors qu'on faisait l'amour.

Je lève les yeux au ciel.

— Je ne pensais pas à elle. Je t'ai déjà dit que je n'en
avais plus rien à foutre de cette nana. Tu ne me fais pas
confiance ?

Elle évite délibérément mon regard en baissant la tête
vers le sol.

— Je t'aime et je veux faire ma vie avec toi. Je veux qu'on
fasse plein de bébés, mais pas aujourd'hui. On en reparlera
dans trois, quatre ans.

Je pose ma main sur son menton et lui relève la tête.

— Si je n'étais pas fâché avec le mot « mariage », je
t'aurais demandé ma main depuis le jour où tu m'as avoué
tes sentiments. Alors, pitié… passons une bonne soirée et
arrêtons de nous disputer. Tu le veux bien ?

Elle hoche la tête et c'est assez pour que je joigne mes
lèvres aux siennes.

— Pardon, Adrian. Je sais que je n'aurais pas dû
m'emporter si vite.

— C'est bon… on en parle plus. Je t'ai promis que je
mettrai toute cette histoire de merde de côté et je vais le
faire. Mais il me faut un peu de temps. Comprends-moi,
je…

Elle me coupe :

— Oui je sais. J'aurais dû me mettre à ta place. Ce n'était
pas une bonne idée de le faire sans protection.

— Mais si que c'était une bonne idée, mais il faut que tu ailles voir le médecin pour qu'il te prescrire la pilule. Je te jure que j'ai pris mon pied. Tu es une déesse de l'amour, ma puce. Je rêve que tu me chevauches de nouveau comme ça.

Je bats des cils, ce qui la fait rire.

— OK… j'irai chez le docteur. Je te rassure, je n'ai pas envie d'avoir un bébé maintenant. Je te l'ai déjà dit.

— Je sais, mais je tiens vraiment à ce que l'on soit prudents. Je veux être avant tout ton homme, ta moitié, ton partenaire qui te fera rêver dans des ébats charnels. Qu'on puisse profiter de la vie rien qu'à deux encore un bon moment.

Je la reluque de pieds à la tête. J'apprécie tout chez elle. Ses jambes fines, son ventre plat, ses seins qu'elle ne supporte pas, ses cheveux brillants, son visage d'ange. Je l'aime comme jamais je n'ai aimé quelqu'un, même si elle a un caractère fort et qu'elle adore jouer tout le temps la tigresse. Mais au moins je ne m'ennuie pas une seule seconde avec cette nana.

— Allez… retournons dans la chambre… Je veux que tu finisses ce que tu étais en train d'entreprendre.

— Non… je veux que ce soit toi qui prennes la relève.

Je souris lorsqu'elle papillonne des cils. Cette fille me fait vraiment passer par différentes émotions, mais je sais que je ne pourrais pas me passer d'elle.

Chapitre 23
« Crève »
(Mademoiselle K)

Adrian

Nous sommes déjà le 31 décembre. Les jours sont passés très vite depuis notre excursion au « Royal Palace ». Je ne manquerai pas de refaire une réservation dans cet hôtel. J'étais totalement dépaysé dans cet endroit de rêve et j'avoue que ça m'a fait un bien fou.

Après notre petit accrochage au jacuzzi, nous sommes retournés à la chambre puis nous avons dîné aux chandelles. J'avais l'impression de me croire dans un film lorsqu'un hôte est venu nous amener notre repas sur un charriot roulant, mais tout était vrai. Zoé avait les pupilles qui brillaient aux éclats et c'était l'essentiel.

Nous avons dégusté un filet de chapon rôti à la vinaigrette d'agrumes accompagné de pommes de terre duchesse et le dessert est passé aux oubliettes puisque nous avons terminé ce que nous avions commencé lorsque nous étions dans le jacuzzi. Ensuite, nous avons parlé de tout et de rien puis le lendemain matin, nous avons eu la surprise de voir un tapis blanc sur les routes. Nous sommes repartis qu'en début d'après-midi.

Zoé a fait ce que je lui ai demandé. Elle est allée chez le médecin qui lui a prescrit la pilule. Elle a fait une prise de sang puis elle a commencé à la prendre hier soir. Ce qui lui fait peur c'est de grossir et de voir sa poitrine doubler de volume. Moi j'avoue que je serais heureux, mais je la comprends aussi et je lui ai dit qu'il y avait d'autres moyens de contraception si ceci arrivait.

Nous avons également fouiné dans les magasins pour dénicher quelques accessoires pour le Nouvel An. Porte cigarette cabaret, bandeau à sequins, gants, boa et canne feront partie de la fête. Ce coup-ci, je ne me suis pas amusé à offrir une robe sexy à ma beauté. Non, j'ai misé sur une noire pailletée à fines bretelles assez chic qui lui arrive à mi-genoux. Quant à moi, j'ai ressorti un costume noir et une chemise blanche. Je suis également allé faire un petit tour au coiffeur. Mes cheveux commençaient à devenir trop longs. Et Zoé en a profité aussi pour couper légèrement ses cheveux en dégradé.

Les recherches concernant notre futur logement n'ont pas été concluantes pour l'instant. Soit les prix sont exorbitants, soit c'est trop petit ou alors c'est moche. Je lui ai avoué que je ne souhaitais pas vivre toute ma vie à Paris et que d'ici quelques années, j'aimerais trouver une maison proche d'un lac, loin de la pollution et de la foule. J'étais heureux quand elle m'a dit qu'elle était du même avis. Mais ceci n'est pas près d'arriver pour le moment. Zoé prend un nouveau départ d'ici quelques jours et je veux qu'elle s'épanouisse dans sa discipline à fond.

Je sors de la salle de bains en ajustant correctement ma cravate grise. Je n'aime pas ça, mais j'ai promis à Zoé de faire l'effort de la garder toute la soirée. Je prends mes chaussures noires et me dirige vers le salon.

Elle est assise sur le canapé et lace un escarpin gris argenté autour de sa cheville. Je prends place à côté d'elle et enfile une chaussure.

— Ma mère vient de m'appeler pour me dire qu'elle m'a envoyé une carte avec un chèque à l'intérieur. Est-ce que tu peux aller voir à la boîte aux lettres ? Je dois encore me maquiller.

— Bien sûr, ma puce. J'y vais.

Je me penche pour l'embrasser sur la joue, mets ma deuxième chaussure puis me lève.

— Et est-ce que tu peux vider la poubelle, s'il te plait ?

Elle avance vers moi en s'inspectant de gauche à droite.

— Ce sera tout ? lui demandé-je en lui tendant les bras.

— Oui… ce sera tout.

J'encercle son cou de mes bras et dépose un baiser tendre sur son front. Elle n'a pas mis son parfum habituel. Elle sent bon une odeur de fleurs.

— Tu es élégant.

Je souris.

— Et toi… tu es excitante.

Je la lâche pour faufiler une main sous sa robe, mais ça ne lui plaît pas. Elle me frappe le bras et se recule.

— Va chercher mon courrier au lieu de t'amuser.

Elle jette un coup d'œil à l'horloge de la cuisine.

— Dépêche-toi. Il est presque dix-neuf heures.

— T'es pas drôle.

Elle lève les yeux au ciel.

— On en parlera ce soir.

Et elle file vers sa chambre. J'ai déjà hâte de revenir et voir ce qu'elle me réserve. Cela dit, je vais chasser mes idées perverses de mon imagination, sinon elle va m'incendier.

Je prends le sac poubelle et les clefs de la boîte aux lettres puis sors de l'appartement. Je dévale les escaliers et vais dehors. Il caille. La température a chuté de quelques degrés ces derniers jours. Il neige plus, mais il s'est mis à geler, ce qui n'est pas le top non plus.

Je jette le sac dans la grande poubelle noire puis rentre précipitamment dans le hall. Comme à chaque fois que j'ouvre la boîte aux lettres, la peur m'envahit. Et là, j'ai de quoi d'être paniqué puisque j'aperçois deux lettres. Une enveloppe blanche qui doit être celle des parents de Zoé et une autre qui me donne la boule au ventre. Rouge sans rien écrit dessus. Putain ! Ça ne va pas recommencer ?

Je prends les deux enveloppes, ferme la boîte puis regarde autour de moi. Il n'y a personne. Il faut que je l'ouvre avant de remettre un pied dans l'appartement. Je ne sais pas à quoi je dois m'attendre ce coup-ci, mais si ça continue, je ne vais pas pouvoir garder tout ça pour moi. Ma sœur pourra peut-être m'aider.

Je cale l'enveloppe blanche sous mon bras et déchire la rouge. Encore un mot écrit à l'ordinateur en caractère gras sur un bout de papier blanc. C'est destiné à Zoé.

La vérité éclatera un jour ou l'autre. Méfie-toi !

(P. S : Le silence est la seule façon de te protéger)

Je chiffonne le papier entre mes doigts, la mâchoire serrée. Je vais péter un câble. Mais qui s'acharne comme ça sur moi ?

J'essaie de garder mon self-contrôle afin de ne pas hurler ma haine. J'inspire profondément et lâche l'air de mes poumons lentement avant de regarder de nouveau à l'intérieur de l'enveloppe. Il n'y a rien d'autre. Ouf ! Quel soulagement ! Maintenant, qu'est-ce que je fais de ce mot ? Dois-je le montrer à Zoé ? Putain ! Non ! Ça va lui gâcher sa soirée et elle avait dit qu'on devait tirer un trait sur cette histoire. Je dois tout brûler le plus vite possible.

Je remets le papier dans l'enveloppe en grimpant les escaliers. Malheureusement, je n'ai pas le temps de la cacher puisque j'aperçois Zoé au seuil de la porte. Elle rive immédiatement son regard sur mes mains et tout d'un coup, je la vois blêmir. Elle lâche un petit sac poubelle à terre et vacille. Je la rattrape de justesse avant qu'elle ne tombe.

Chapitre 24
« Someday »
« Un jour »
(The Strokes)

Zoé

Mon corps se met à trembler tellement que je suis galvanisée par la peur. Je vois trouble. Adrian me demande si je vais bien, mais je suis incapable de dire un seul mot. Ma bouche s'ouvre puis se referme. J'ai la frousse. Je l'ai vue. Cette enveloppe rouge me donne la nausée. Il y a un mot à l'intérieur. Peut-être une photo. Je me sens mal. Mon sang se glace dans mes veines tout d'un coup. Ça recommence.

— Zoé… réponds-moi !

— Je… je…

Ma salive se bloque dans ma gorge et mes paupières se ferment. Il fait tout noir.

***

— Ma chérie… réveille-toi !

On me secoue l'épaule.

— Zoé, ma puce, ma tigresse…

C'est Adrian.

J'ouvre les yeux et cligne plusieurs fois des paupières. La première chose que je vois, c'est le visage de mon charmant voyou, apeuré, les sourcils froncés.

— Tu m'as fait peur, dit-il en me caressant le visage.

Il m'embrasse le front.

— Je… qu'est-ce que je fais ici ? demandé-je lorsque je m'aperçois que je suis allongée sur mon lit.

— Tu as fait un malaise. Je t'ai portée jusqu'à la chambre. Dis-moi si tu vas mieux ou si je dois appeler les secours.

Je mentionne un non à peine audible. C'est affreux ! Ma tête tourne comme une toupie.

— Tu es blanche. Je vais les appeler. Je ne peux pas te laisser comme ça.

Il se lève du lit, mais je l'empêche de partir en attrapant son bras.

— Ça va aller… aide-moi à me redresser, s'il te plait.

— Tu en es certaine ?

— Oui… je ne veux pas qu'on m'embarque à l'hôpital.

Il passe ses mains sous mes bras et me remonte vers la tête du lit. C'est à ce moment-là que Stitch grimpe sur moi et se met à ronronner en effleurant ma cuisse.

— Je suis restée inconsciente combien de temps ?

— Même pas une minute.

— Oh…

Il se rassoit et prend une de mes mains dans les siennes. Il l'embrasse.

— Est-ce que tu veux quelque chose ? Un verre d'eau ? Un truc à manger ?

— Je veux voir ce qu'il y a dans l'enveloppe rouge.

Un haut-le-cœur m'envahit et mon estomac se noue. L'enveloppe ! Bordel ! Qu'est-ce qu'il a dedans ?

Il détourne la question :

— Je vais t'apporter un verre d'eau.

— Non ! crié-je lorsque je vois qu'il est prêt à se barrer. Montre-moi ce qu'il y a dans cette putain d'enveloppe !

Il soupire puis passe sa main dans ses cheveux hirsutes.

— Il y a juste un mot, mais on a dit qu'on mettrait tout ça de côté. Ce n'est pas important.

Ce n'est pas important ? Mais il se fiche de moi ou quoi ? Je suis sûre que si, sinon il me l'aurait déjà montré.

— Si tu ne me le montres pas, Adrian, je balance tout à la police. J'en ai plus qu'assez de cette histoire. On va en finir une bonne fois pour toutes et puis c'est tout !

Il grogne, serre les poings puis se lève.

— Tu sais très bien qu'on ne peut pas en parler à la police.

Il donne un coup de pied dans le vide puis sort de la chambre.

Je suis complètement perdue. Je voulais vraiment tirer un trait sur toute cette histoire, mais à croire que je ne peux pas le faire. Qui s'acharne comme ça sur nous ? Qui nous en veut ? Et surtout, qu'est-ce qu'on a fait pour mériter cela ?

Je souffle et tente de me lever, mais je me rassieds aussitôt lorsque ma tête se met de nouveau à tourner.

Je caresse Stitch qui s'étire de tout son long puis ferme les yeux. J'ai toujours la nausée et je me demande comment je vais faire pour aller à la soirée du Nouvel An dans cet état-là. Je ne vais jamais tenir sur mes jambes.

Adrian réapparait avec l'enveloppe rouge puis me la tend.

— Le voici, ce putain de mot. Brûle-le dès que tu l'auras lu.

Mes mains se mettent à trembler lorsque je prends l'enveloppe. Je peine à reprendre mon souffle dès que je l'ouvre. Je découvre un papier blanc chiffonné.

La vérité éclatera un jour ou l'autre. Méfie-toi!
(P. S : le silence est la seule façon de te protéger)

Mon cœur fait un bond dans ma poitrine et les larmes me menacent :

— Putain, Zoé... tu es si blanche.

— Je... je vais vomir.

Et ça ne manque pas. Mes entrailles me brûlent.

Je jette le mot à terre et me penche pour ne pas vomir sur la housse de couette. Je crie de douleur, me vidant complètement l'estomac. Les larmes glissent sur mes joues. Elles dégoulinent le long de mon cou. Je souffre. Je suis fatiguée, épuisée. Je me sens toute faible.

Adrian s'en va de la chambre en courant tandis que je continue de vomir. Il revient quelques instants plus tard avec un seau et une serpillère puis s'accroupit pour nettoyer. Un haut-le-cœur l'envahit, mais il s'exécute dans sa tâche.

— Je vais le faire, Adrian. Donne-moi la serpillère.

Je tends la main vers lui.

— Laisse tomber, c'est pour la fois où tu as dû le faire pour moi. Tu te souviens?

Il me sourit en coin. Comment pourrais-je oublier? J'avais fait la plus grosse erreur de ma vie en le quittant et lui voulait m'oublier en noyant son chagrin dans l'alcool.

Je me rallonge, caresse Stitch puis regarde le plafond. Mes yeux se ferment tout doucement. Le pays des songes m'emporte.

∗∗∗

La chambre est plongée dans le noir lorsque je me réveille. Je me redresse et allume la lampe de chevet. Où se trouve Adrian ? Combien de temps me suis-je endormie ?

Je regarde autour de moi. Stitch roupille en boule au pied sur lit. J'ai toujours ma robe sur le dos ainsi que mes chaussures. La fête ! On va être en retard !

Je me lève. Ma tête ne me tourne plus, mais je me sens encore un peu vaseuse.

Je sors de ma chambre et découvre Adrian, assis sur le canapé, son ordinateur sur ses genoux. Il fait sombre. Seule la lampe sur pied éclaire la pièce. Qu'est-ce qu'il observe sur son ordinateur ? Il a l'air concentré.

— Adrian…

Il se retourne dès qu'il entend ma voix. J'avance vers lui tandis qu'il pose son ordinateur sur la table basse.

— Ma chérie… tu vas mieux ?

— Oui.

Je le serre contre moi en passant mes bras autour de sa taille puis niche ma tête contre son épaule. Il embrasse mes cheveux.

— Tu devrais rester au lit, me murmure-t-il en me relevant le menton d'une main.

Il plonge ses yeux bleu ciel dans les miens.

— Tu es encore blanche.

— Je me sens mieux. On peut aller à la fête.

Je jette un coup d'œil à l'horloge de la cuisine et m'aperçois qu'il est 22 h 30. Je fronce les sourcils.

— On est en retard, Adrian ! Tu aurais dû me réveiller avant !

Je le lâche et file en direction du couloir afin de prendre mon manteau.

— J'ai annulé.

Quoi ? Non ! Il n'a pas fait ça quand même ? Bah si ! J'agite mes mains devant mon visage, nerveuse :

— Mais non... il ne fallait pas annuler. Tout le monde doit se demander pourquoi on n'est pas là.

— J'ai dit à Guillaume que tu étais malade. Les autres comprendront. Et personnellement... je préfère qu'on reste ici à l'abri.

Il a raison. La torpeur m'envahit une nouvelle fois. Oh non ! Mes membres se mettent de nouveau à trembler. Les mots écrits sur le papier blanc viennent perturber mon cerveau.

La vérité éclatera un jour ou l'autre. Méfie-toi !
(P. S : le silence est la seule façon de te protéger)

Je dois garder le silence si je ne veux pas que ma vie en dépende. Mais pourquoi ? Mes jambes deviennent cotonneuses et j'ai la sensation de manquer d'oxygène.

— Je ne me sens pas bien.

Ma voix n'est qu'un murmure, mais Adrian a compris, car il se rue sur moi et passe ses bras derrière mes genoux afin de me porter.

— Je t'ai dit de rester allongée. Tu es trop faible.

Il m'emmène vers la chambre.

— Et je te promets que tout ce cinéma va cesser un jour. On finira par trouver qui est ce maître chanteur.

Il me pose délicatement sur le lit et m'esquisse un demi-sourire.

— Je vais venir auprès de toi. Est-ce que tu veux manger un truc avant ?

Je secoue la tête et retire le laçage d'une de mes chaussures.

— Un verre d'eau, s'il te plait. J'ai oublié de prendre ma pilule.

— Très bien… j'arrive.

J'en profite pour enlever mes chaussures ainsi que ma robe, me laissant juste en sous-vêtements puis me glisse sous la couette.

— Tiens, ton verre d'eau.

Je le remercie en le prenant puis attrape ma plaquette de pilules qui est sur la table de chevet ainsi que mon téléphone. J'ai reçu un message de ma sœur qui me demande si je vais bien. J'avale ma pilule en vidant la moitié de mon verre puis lui réponds que j'ai besoin d'une bonne nuit de sommeil. J'en profite également pour envoyer un message à mes parents ainsi qu'à Jamie et Julien pour leur souhaiter les vœux pour cette nouvelle année. Dans quelques instants, les réseaux seront saturés et je pense que je serai déjà partie dans les bras de morphée.

— Je nous ai peut-être trouvé une petite maison, dit Adrian en venant vers moi avec son ordinateur dans les mains.

Il est simplement vêtu d'un boxer noir.

— C'est vrai ?

Il hoche la tête puis s'installe à côté de moi. Il ramène la housse de couette jusqu'à sa taille puis pose l'ordinateur sur ses genoux.

— Celui-là, me montre-t-il en inclinant légèrement l'écran pour que je puisse regarder les photos.

Il fait défiler les photos. Le logement comprend deux chambres, une cuisine et un séjour qui a l'air d'être assez grand ainsi qu'une petite cour et un garage. Cependant, il y a un hic. Il ne se situe pas à Paris, mais à Romainville, là où la sœur d'Adrian réside.

— Il est beau, mais ça fait un peu loin pour que j'aille au studio de danse. Il faudrait que je trouve une solution.

— Tu l'as déjà ta solution. Je suis là.

— Mais…

— Pas de « mais », je fais ce que je veux. Je vais demander à Seb d'arranger mes horaires.

Il abandonne son ordinateur à terre puis se love contre moi tout en posant une main sur ma taille. Front contre front, il me murmure :

— Qu'on se barre d'ici au plus vite. Je ne veux plus faire face à ce maître chanteur.

— J'ai peur qu'il nous retrouve.

Il appuie sa bouche sur mon crâne.

— Je sais… Moi aussi, mais un jour il cessera de nous faire chier. Je te le promets. Allez… maintenant, dors. Tu en as besoin.

Un sourire rassurant traverse ses lèvres avant qu'il les effleure sur les miennes. J'enfouis mon visage au creux de cou. Sa chaleur me fait du bien. Je serre son corps nu contre le mien pour mieux le sentir. Complètement épuisée, je finis par fermer les paupières et m'endors tout doucement dans les bras protecteurs de mon voyou. Je l'aime tellement.

Chapitre 25
« Je m'en vais »
(Vianney)

Adrian

Cinq jours sont passés depuis que nous avons reçu ce putain de mot. Je surveille régulièrement par la fenêtre, mais je ne remarque personne de suspect qui entre dans le hall de l'appartement. Nous n'en avons pas reçu d'autres, mais la peur nous guette sans cesse.

Je n'ai plus eu de nouvelle de Léa non plus depuis que j'ai bloqué son numéro de téléphone. C'est une bonne chose. Je ne lui viendrai plus en aide. C'est fini tout ça. Qu'elle fasse sa vie avec son crétin et qu'elle s'éloigne de moi. Je sais comment je la recevrai si un jour elle se pointe au studio. Je la menacerai en lui disant que j'appellerai les flics. Au moins, ça lui foutra la trouille. Putain ! J'ai vraiment hâte de déménager et d'oublier toute cette merde.

Je surveille mon téléphone depuis plus d'une heure dans l'attente d'avoir un rendez-vous avec un agent immobilier pour visiter la petite maison que j'ai repérée à Romainville. J'avais laissé un mail à l'agence immobilière et un conseiller m'avait répondu qu'il me contacterait ce mardi. Or, il est déjà dix-sept heures et je doute que j'aie des nouvelles aujourd'hui.

Zoé est assise sur le canapé et revisionne la première saison de « You ». Elle veut tout se remémorer avant d'attaquer la saison trois qui devrait arriver dans quelque mois. Elle ne perd pas de temps, mais j'ai bien l'impression que ce Joe lui manque. Ça me fait sourire, car pendant ce temps-là, elle ne pense pas trop aux évènements qui se sont passé ces derniers jours.

— On démonterait bien le sapin après ?

Oh, chérie… c'est toi que j'ai envie de démonter. Mais je vais me retenir de te lancer cette phrase.

— Ouais… si tu veux. De toute façon, je crois que c'est mort pour une visite aujourd'hui. L'agent immobilier a dû nous oublier. Je le rappellerai demain matin.

Son téléphone se met à sonner.

— C'est ma mère. À mon avis, elle veut me demander comment s'est passé ma première journée de travail. Tu devrais en profiter pour ramasser tes vêtements qui traînent dans la chambre.

Je ris. Je ne changerai jamais mes mauvaises habitudes, mais j'avoue que je me suis un peu calmé par rapport au début où elle m'a connu. En général, je fais l'effort de mettre mes affaires au panier de linge sale dès que je me déshabille, mais hier soir j'ai eu la flemme. Et puis, il faut dire qu'elle m'avait une fois de plus aguichée lorsqu'elle m'a dit qu'elle n'avait plus ses règles et qu'elle voulait que je m'occupe d'elle. Après ma douche, je suis allé dans la chambre et je l'ai découverte nue, dans une position très provocatrice. Elle avait mis son petit chapeau de sa tenue d'infirmière sexy. Forcément, je n'ai pas résisté longtemps pour m'accaparer de ce corps divin qui m'appelait. J'ai balancé mes affaires à droite puis à gauche dans la pièce et je me suis occupé d'elle comme elle venait de me le demander.

— Allô, maman. Comment vas-tu ?

Je me dirige dans la chambre pour la laisser papoter avec sa mère. Elle était heureuse hier lorsque je l'ai amenée à son nouveau travail. Elle a passé l'après-midi avec Alicia à prendre les inscriptions de ses élèves. Quant à moi, j'ai repris le taf et j'ai eu plusieurs appels pour faire des shooting photo pour des mariages. Tous mes samedis sont pris à partir de début mai jusqu'à fin août. Certes, le studio de Seb n'est pas gigantesque, mais il est assez bien réputé. Il fonctionne très bien.

Je ramasse mon jean, mes chaussettes et ma chemise puis pars vers la salle de bains. Elle regarde par la fenêtre, le téléphone à son oreille. Qu'elle est jolie dans sa minirobe noire, les cheveux lâchés.

Elle sourit lorsqu'elle me voit passer puis reprend la conversation. Hier, nous avons discuté un peu de vacances et je lui ai promis que je l'emmènerai à Saint-Raphaël en avril pour qu'elle revoie ses parents. Je lui ai dit de leur en parler. Apparemment, ils ont une très grande maison et ils pourront nous héberger pendant notre séjour. Je ne suis jamais allé dans ce coin de la France. Ça a l'air d'être beau vu les photos qu'elle m'a montrées.

Je mets mes affaires dans le panier de linge sale puis sors de la salle de bains. J'entends mon téléphone sonner. Je cherche autour de moi et l'aperçois sur la table de la cuisine. Il s'agit d'un numéro que je ne connais pas. Mon cœur se met à sprinter dans ma poitrine. Zoé ne veut pas que je réponde aux numéros inconnus, mais je raccrocherai immédiatement si c'est Léa.

Je décroche, la boule au ventre.

— Bonsoir, monsieur Legrand, je suis Christophe Pinel de l'agence « Eloir ». Tout d'abord, je voulais vous souhaiter mes meilleurs vœux.

Ouf ! Je me sens soulagé que ce ne soit pas Léa.

— Bonsoir, merci beaucoup. Meilleurs vœux à vous aussi.

— Vous m'aviez laissé un mail pour prendre rendez-vous concernant une location.

— Oui c'est bien ça. Je suis intéressé par une petite maison à Romainville. Je voulais savoir si elle est disponible.

Je me dirige vers la chambre.

— Oui, elle est toujours à louer. Je ne sais pas si vous êtes disponible aujourd'hui, mais je viens d'avoir un désistement. Je peux vous la faire visiter d'ici une heure.

Je me passe la main dans mes cheveux.

— Euh… Oui, pas de soucis.

— Parfait. Je vais vous donner l'adresse. Vous avez de quoi noter ?

— Euh… non. Attendez, je vais chercher un papier et un stylo.

Je regarde autour de moi, mais l'agent immobilier me répond :

— Je vais vous l'envoyer par message, ce sera plus simple.

— OK, je vous remercie.

— Donc on se dit dans une heure devant la location.

— Parfait.

— À tout à l'heure monsieur Legrand.

— À tout à l'heure.

Et il raccroche.

Super ! J'espère maintenant que cette maison sera à la hauteur de nos attentes, car je n'en ai pas trouvé d'autres intéressantes.

— À qui téléphonais-tu ? me demande Zoé en entrant dans la chambre.

— C'est l'agent immobilier qui vient de me contacter.

— Oh… et donc ?

— Eh bien, on y va tout de suite.

Elle semble stupéfaite puisqu'elle ouvre grand les yeux.

— Tout de suite ?

— Ouais, allez, je suis pressé. Je veux voir notre futur chez nous.

Je l'attire contre moi et plaque mes lèvres sur les siennes.

— Et si c'est la bonne, alors tu devras mettre ta petite tenue d'infirmière sexy.

Elle pouffe de rire et se dégage de mon étreinte.

— Ouais, on verra.

Et elle tourne les talons, mais ça ne m'empêche pas de la rattraper et de lui donner une tape sur les fesses, ce qui la fait bondir.

J'espère qu'il y a une barre de pôle dance dans cette baraque, mais je sais que je peux toujours rêver. Putain ce serait le pied. Cependant, je ne dis pas qu'un jour je n'en ferai pas installer une lorsque nous aurons notre propre maison. Je l'imagine déjà me faire des trucs de dingue là-dessus. Oh ! Mon Dieu ! Oui ! Bon, allez, il faut que j'arrête de penser à ça, sinon Popol ne va jamais se calmer et c'est certain qu'on ne visitera pas ce logement.

***

De retour à l'appartement, deux heures plus tard.

— Dis oui, s'il te plait.

Zoé pose son index sur ses lèvres et fait mine de réfléchir.

— Hum… je ne sais pas.

— Pourquoi ? Elle a tout ce qu'il faut cette maison. Certes, la cuisine est un peu petite, mais le reste est parfait. Surtout la salle de bains. Tu ne trouves pas ?

Je joue des sourcils.

— Il faut que je réfléchisse encore.

Elle enlève son manteau et le pose sur la chaise de la cuisine avant de se vautrer sur le canapé. La maison qu'on vient de visiter est parfaite à mes yeux. Elle est mitoyenne, mais elle se situe dans un quartier calme. J'ai énormément apprécié la chambre principale qui est spacieuse ainsi que la salle de bains qui comprend une baignoire et une douche à l'italienne. Des idées salaces sont venues immédiatement perturber mon cerveau à ce moment-là de la visite. J'ai imaginé Zoé me faire de belles choses dans cette baignoire en angle. Bien évidemment, elle avait deviné ma pensée lorsqu'elle a vu un petit sourire se dessiner sur mon visage. Je sais que cette maison lui plaît, car elle avait des étincelles qui brillaient dans ses pupilles, mais elle a décidé de m'emmerder un peu. Sûrement pour ne pas mettre sa tenue d'infirmière sexy. Cependant, je peux vite remédier à ça. Je trouve toujours de bonnes tactiques pour l'amadouer.

Je retire mon cuir, le pose sur son manteau puis la rejoins dans le salon. Elle vient d'allumer la télé.

— C'est parce que tu as peur de moi que tu hésites ? lui demandé-je en grimpant sur elle.

Elle retient son sourire en gainant sa lèvre inférieure entre ses dents lorsque je l'emprisonne de mon corps. Je plaque mes mains sur le dossier du canapé et la regarde fébrilement dans les yeux.

— Peur ? Pourquoi aurais-je peur de toi ?

Elle passe ses mains sous ma chemise puis me caresse le torse. Putain ! Il faut que je me contrôle pour ne pas luis sauter dessus tout de suite. Je veux ma réponse avant de lui faire l'amour et aussi qu'elle me fasse un beau spectacle dans sa tenue aguichante.

— Peur de ça…

Je penche ma tête et effleure mes lèvres sur sa nuque. Je la remonte progressivement vers son menton. Je souffle sur sa bouche, ce qui lui fait de l'effet, car je sens ses mains qui me caressent le torse dans une lenteur exquise. Je continue mon petit manège en lui suçotant la peau puis je fais danser ma langue contre la sienne dans un ballet sensuel. Elle laisse échapper un magnifique râle dans notre baiser, ce qui me provoque une déferlante de spasmes sous mon caleçon.

Contrôle-toi, Adrian. Fais-la languir un peu.

— Alors ? Tu as peur de moi ?

— Non. Je n'ai pas peur de toi, Adrian.

OK, voyons ce qu'elle va dire maintenant.

Je l'embrasse sur le front avant de me lever puis déboutonne ma chemise noire avec lenteur sans la lâcher du regard. Elle incline la tête sur le côté en souriant puis pointe la télécommande vers la télévision.

— Pousse-toi ! Je veux mettre « You ».

— Rien à faire de « You ». Tu as ton vrai Joe devant des yeux alors savoure le spectacle.

Je fais glisser ma chemise sur mes bras tout en passant ma langue sur mes lèvres. Elle rit puis se lève.

Oh oui, viens me rejoindre, ma chérie. Touche-moi !

— T'es vraiment pas possible, je te jure !

Mais qu'est-ce qu'elle fout ? Elle court jusqu'à la chambre. La garce !

— Zoé, ma chérie… reviens !

— Non… je vais lire. Laisse-moi réfléchir encore un peu.

La porte claque et je mettrai la main à couper qu'elle vient de s'enfermer à clef.

Je me dirige vers la chambre et baisse la poignée de la porte. J'avais raison. Elle s'est cloîtrée à l'intérieur. Quelle solution vais-je trouver pour qu'elle revienne ? Qu'elle est chiante quand elle veut !

Je décide de l'attendre en sirotant une bière sur le canapé. Je mets un épisode des Simpson afin d'essayer de me calmer. Bien évidemment, ça ne fonctionne pas et je n'ai strictement pas envie de mater la télé. Cela dit, je n'ai pas le choix d'attendre qu'elle sorte. Alors pour passer le temps, je prends mon téléphone et regarde les photos de cette maison qui m'a charmé. Tout a été refait à neuf. Le salon s'ouvre sur une petite cour et le garage est assez grand pour ma caisse. Franchement, il n'y a rien à dire sur cette location. C'est un magnifique trésor.

— Je n'ai plus envie de lire, s'exclame-t-elle soudainement en venant vers moi.

J'ai le cœur qui bondit dans ma poitrine.

— Que faisais-tu ? me demande-t-elle en me chevauchant.

Mes lèvres se tendent pour lui sourire.

— Je contemplais les photos de notre futur chez nous.

— Tu as l'air certain de toi. Je n'ai pas encore donné ma réponse.

Elle met son index dans sa bouche en me lançant un regard très coquin.

— Je crois que je n'ai plus besoin de te le demander, n'est-ce pas ?

Je passe ma main derrière sa nuque et approche son visage du mien. Elle retire son doigt de sa bouche et dessine le contour de mes lèvres avec son pouce.

— Tu as raison, tu as la réponse devant tes yeux. Je crois que je ne peux pas être plus claire.

Elle papillonne des cils. Quelle effrontée !

— Alors, remercie-moi maintenant, ma puce. Fais de moi tout ce que tu veux.

Elle me scrute intensément sans dire un mot puis capture ma bouche avec ardeur. Que je suis heureux. Zoé est mon trésor, la femme de mes rêves. On est toujours sur la même longueur d'onde et je sais que je ne serai jamais déçu d'elle. Elle m'apporte les deux choses les plus importantes dans ma vie : le bonheur et l'amour. Et là maintenant, je vais passer une soirée de rêve. Qu'elle me montre ses talents cachés dans le rôle de l'infirmière sexy. Qu'est-ce que je suis fou de cette nana !

Chapitre 26
« The end of the dream »
« La fin du rêve »
(Evanescence)

Adrian

Le 22 mars, au studio photo.

— Eh, tu pourras fermer ?

— Ouais, pas de soucis.

Je tourne la tête vers Seb qui me sourit chaleureusement.

— Où vas-tu comme ça ? lui demandé-je en me levant de mon fauteuil.

Je sais où il va, mais ça me fait sourire de le voir en costard noir, les cheveux bien soignés.

— À Las Vegas pour me marier. T'es con, j'te jure. Tu le sais très bien où je vais.

Je me mets à rire et lui réponds ironiquement :

— Tu abuses quand même ! J'aurais bien voulu être ton témoin.

Il enfile son cuir et tend devant moi son paquet de clopes. J'en prends une.

— Merci.

— Je déconne.

— Bah encore heureux que tu déconnes. Étant ton meilleur pote depuis des années, j'espère au moins que je serai le premier à le savoir.

Il me tapote l'épaule.

— Tu le sauras et je compte bien lui demander sa main avant la fin de l'année.

J'écarquille grand les yeux et sors mon briquet de la poche intérieure de mon cuir.

— T'es sérieux ? Tu veux vraiment te marier avec elle dans si peu de temps ?

Il hoche la tête. Putain ! Je suis stupéfié.

— Bah ouais… C'est ma petite femme. Je l'aime. Je lui demanderai en décembre pour un mariage en juillet ou août. Ça fera deux ans d'ici là qu'on sera ensemble.

— Eh bien… elle doit t'en faire de belles choses au pieu pour que tu sois autant amoureux. Quel veinard !

Il lève les yeux au ciel puis pousse la porte du studio.

Ces derniers jours, j'apprécie le temps sec et doux qui vient envelopper Paris. Nous sommes déjà au printemps. Ça passe si vite. Depuis deux mois, je savoure pleinement ma vie sans que des personnes nuisibles viennent me perturber. Plus de lettres. Plus de photos. Plus de nouvelles de Léa. Quel bonheur !

J'ai débarrassé mes meubles de l'abri de jardin de ma sœur le week-end dernier et je les ai installés dans notre futur logement. Nous devons déménager ce week-end. Tout est prêt et il est temps de partir de notre appartement, car on n'arrive plus à circuler à cause de tous les cartons.

— On n'est pas autant obsédés que vous, me lâche-t-il en allumant sa clope.

Il se met à rire, et ça en devient contagieux puisque je l'imite.

Sur ce point-là, il n'a pas tort. Il y a toujours la même tension sexuelle entre Zoé et moi. Nous vivons de notre amour électrique. On se chamaille, on se réconcilie, on se taquine et surtout, on s'aime à un point inimaginable.

Depuis deux mois, elle s'épanouit dans sa discipline avec Alicia. Je me suis débrouillé avec Seb concernant mes horaires pour que je puisse la conduire et la reprendre à son lieu de travail. Ce qui l'arrange dans un sens, car je ramène également Alicia au studio photo comme elle n'a pas le permis non plus.

Seb consulte l'heure sur sa montre, jette sa clope à terre et l'écrase avec le plat de sa basket.

— Allez, je file. Le pressing va fermer si je ne me grouille pas.

Il me donne une accolade.

— On se rejoint au studio de danse d'ici une demi-heure ?

Je hoche la tête.

— Ouais… à tout à l'heure, mec.

Il me fait un signe de main avant de partir.

Nous sommes invités ce soir au « Petit bonheur » pour voir Alicia jouer dans une pièce de théâtre. Je n'étais pas très emballé pour y aller, mais Zoé m'a convaincu en me faisant une petite représentation très aguichante en tenue d'écolière, un nouveau déguisement sexy qu'elle a déniché sur le Net. C'était assez pour que je dise oui. Elle a toujours le don pour me faire craquer.

Je jette ma clope dans la poubelle qui se situe à côté de moi et entre dans le studio. Je chope mon téléphone qui est posé sur mon bureau et appelle Zoé qui doit avoir fini son cours de danse à cette heure-ci. Il est presque 18 h 30. Elle répond à la deuxième tonalité.

— Ça va, ma chérie ?

— Oui, ça va. Tu m'appelles pour ne rien me dire, n'est-ce pas ?

Je glousse en éteignant mon ordinateur. Je ne peux m'empêcher de prendre de ses nouvelles au moins deux fois par jour. J'ai constamment cette peur qui m'envahit même si la vie a repris un rythme normal.

— Tu te trompes. Je t'appelle pour te dire que je t'aime.

Je suis devenu un putain de romantique. Enfin... pas toujours. Mon côté bad boy ressurgit lorsque je lui ordonne de se mettre à quatre pattes pour lui mettre quelque fessée.

— Tu es trop... chou, mais... ça cache quoi ? Que veux-tu me demander ?

— Bah rien. J'avais envie d'entendre le son de ta voix.

Elle se met à rire.

— Ouais bien sûr. Je vais te croire.

— Tout de suite, t'imagines que je pense au sexe.

— Je n'ai jamais dit ça.

— Non, mais j'ai deviné ta pensée.

— Eh bien ma pensée a toujours raison. Bon, je vais prendre une douche avant que tu arrives.

— Tu devrais m'attendre, je vais fermer.

— J'en étais certaine que tu allais me sortir une chose pareille.

Je quitte mon espace shooting et aperçois une silhouette féminine devant le bureau d'accueil. C'est Roxanne, vêtue d'une robe blanche assez courte et d'une veste en cuir rose pâle. Elle n'a pas changé depuis ce fameux 26 novembre où elle est venue chercher l'agrandissement photo de sa sœur. Elle a toujours cette coupe au carré qui lui va à ravir. Mais qu'est-ce qu'elle fout là ? De plus, elle semble en colère. Elle me regarde de travers, les bras croisés sur sa poitrine.

— Je te laisse, ma chérie. J'ai une cliente. Je serais là d'ici 15/20 minutes.

— OK, à tout à l'heure, voyou. Je t'aime.

— Je t'aime.

Et elle raccroche.

— Salut, Roxane. Comment vas-tu ?

Je m'en approche pour lui faire la bise, mais au lieu qu'elle me tende sa joue, elle me colle une claque monstrueuse.

— Aïe, mais putain, t'es folle !

Je la foudroie du regard en posant ma main sur ma joue. Je vais avoir une sacrée marque. Mais qu'est-ce qu'il lui prend ?

— Quel chaleureux accueil. Que me vaut cette claque ?

— À ton avis ? vocifère-t-elle en ouvrant son sac à main assorti à sa tenue, c'est-à-dire, rose et blanc.

Elle trifouille à l'intérieur et en extirpe une enveloppe rouge. Oh ! Putain de bordel ! Mon sang se glace. Ce n'est pas ce que je pense quand même ? Non ! Ça ne va pas recommencer !

— Ça te dit quelque chose ça ? me demande-t-elle en me tendant l'enveloppe furieusement.

Je fronce les sourcils et lui arrache des mains.

— À quoi dois-je m'attendre ? Je ne sais même pas de quoi tu veux me parler.

J'ai employé un ton sec et froid.

— Abruti ! Tu vas le payer et tu as de la chance que je n'ai rien dit à la police, mais je vais le faire dès que tu m'auras donné des explications.

La torpeur me submerge.

— Qu'est-ce qu'il y a à l'intérieur de cette putain d'enveloppe ?

— Tu devrais le savoir puisque c'est toi-même qui a écrit le mot. Et ne parlons pas de la photo ! À quoi joues-tu, espèce de connard ?

Elle serre les poings pour éviter de me refrapper, mais je doute qu'elle se retienne plus longtemps vu la rougeur qui vient envahir son visage. Je suis abasourdi, complètement effrayé. J'ai peur d'ouvrir l'enveloppe, mais je dois le faire et lui avouer qu'elle n'est pas la seule à en avoir reçu une.

— Sache que ce n'est pas moi qui suis à l'origine de tout ça. Tu dois me croire. Ne restons pas là. Viens avec moi.

— Ouais, bien sûr. Je me demande comment tu vas me faire gober une chose pareille.

J'inspire un bon coup et relâche l'air de mes poumons. Je sais à quoi je dois m'attendre et je crains le pire.

J'entre dans ma pièce perso, pose mon téléphone sur mon bureau et ouvre cette enveloppe. À l'intérieur se trouve un mot écrit sur un papier blanc et une putain de photo qui me donne déjà la nausée. Je suis en train de me décomposer. Moi qui croyais que toute cette histoire était derrière moi… je me suis trompé. Mais qu'est-ce que c'est de ça ? Une photo d'une nana et de moi. Nous sommes endormis l'un à côté de l'autre. Je la reconnais. C'est Emily, sa sœur. Une jolie blonde aux cheveux longs à la poitrine plantureuse. Pas aussi grosse que celle de Zoé, mais elle doit bien faire un 90 C. Ce n'est pas qu'on soit nus qui est choquant, mais le fait que cette nana ait une marque de strangulation sur la nuque. Je n'en crois pas mes yeux. C'est une blague ?

— Putain ! Ça recommence. C'est pas vrai !

Je chiffonne la photo entre mes mains et la laisse tomber sur le sol. Je n'ai jamais baisé cette gonzesse. Alors, comment a-t-on pu se retrouver ensemble ? Et qui nous a pris en photo ?

Elle crie en levant une main :

— De quoi ça recommence ? Tu dis ça parce que tu n'es pas à ton premier coup d'essai ?

Elle va m'exploser les tympans si ça continue. Je la scrute d'une façon ombrageuse en hurlant à mon tour :

— Ferme-la ! Comme si c'était moi qui étais à l'origine de tout ça. Je suis victime d'un canular depuis des mois.

Je peste plusieurs grossièretés avant de déplier le mot. Je dois être blanc comme un mort. Mon cœur ne veut pas cesser de se calmer. Je ne l'ai jamais senti battre aussi vite.

Rendez-vous ce soir au studio « Rebel'photo » pour 18 h 30.
La partie ne fait que commencer.
P. S : Ta vie et en jeu. Sois tu te tais soit tu crèves.

— Alors… qu'est-ce que tu as à dire pour ta défense ?

Je lève mes yeux emplis de haine vers elle et serre la mâchoire. Son visage fulmine autant que le mien. On va s'entretuer si ça continue. Elle a raison. Comment puis-je me défendre ? C'est bien moi sur cette photo. On a dû me droguer. Mais merde !

— Je ne comprends pas pourquoi ma sœur ne m'a jamais parlé tout ça. Pourquoi lui as-tu fait une chose pareille ? Qu'est-ce qu'elle t'a fait pour que tu la fasses souffrir ?

Les larmes glissent sur ses joues.

— Tu me dégoutes ! Je ne te croyais pas comme ça !

Elle sort son téléphone de son sac, exaltée et furieuse.

— Je vais appeler la police !

— Putain ! Non ! Je t'ai dit que ce n'est pas moi !

Elle ricane amèrement.

— Alors si ce n'est pas toi, qui est-ce ?

— Moi ! surgit tout d'un coup une voix rauque.

Roxanne bondit et se retourne vivement. Un nœud se forme dans ma gorge. Putain ! Quel salaud ! Mon ennemi est face à nous. J'ai toujours su que c'était lui.

— Monsieur Valens ? Mais… pourquoi êtes-vous là ?

Valens lui lance un regard digne d'un méchant d'un film d'horreur. Il a toujours cette coiffure de merde, les cheveux bruns plaqués à l'arrière avec du gel. Et comment se fait-il que Roxanne connaisse ce crétin ?

— Eh bien, tu vas le savoir tout de suite petite peste, lui lâche-t-il d'un timbre acerbe.

Il sort un flingue de la poche de sa parka beige et le pointe vers Roxanne. Putain de bordel ! Que dois-je faire ? Il va nous buter ce con.

— Mais… mais… qu'est-ce que j'ai fait ? bredouille-t-elle d'une voix étranglée, les larmes qui coulent à flots sur son visage.

— Ferme ta bouche, espèce de sale petite salope ! Tu as pourri la vie de mon fils, alors à moi de pourrir la tienne maintenant.

Putain ! Mais c'est quoi cette histoire ? Et qu'est-ce que j'ai à voir là-dedans moi ?

Valens lui émet un coup de poing dans la mâchoire, ce qui fait valser sa tête à l'arrière. Roxanne hurle. Du sang s'échappe de la commissure de ses lèvres. Je vais le massacrer.

Je lui hèle d'horribles noms d'oiseaux et me rue sur lui pour essayer de lui dégoter son flingue. Mais malheureusement, je n'ai pas le temps de le faire. Devant moi apparaît cette garce de Vanessa, vêtue d'une combinaison noire, les cheveux blonds remontés en queue de cheval en compagnie de Léa qui a une mine à faire peur. Son regard est aveuglé par les larmes.

Elle chevrote :

— Je suis désolée, Adrian. Je ne voulais pas. Je te l'avais dit que j'étais en danger.

Quoi ? Qu'est-ce qu'elle ne voulait pas ?

— Ferme-là, idiote ! aboie Vanessa en plaquant sa main sur sa bouche. Tu dis encore un seul mot et je te bute.

Vanessa pointe un flingue sur sa tempe, me toise de la tête aux pieds et me sourit diaboliquement.

— Que la fête commence, mon cher Adrian. Il est temps de faire éclater la vérité au grand jour.

Vanessa regarde Valens d'un œil complice et ils se mettent à rire comme deux ordures tyranniques.

Mon corps se frigorifie. Mais dans quelle merde suis-je tombé, nom de Dieu ?

Vous avez aimé votre lecture?
Découvrez les autres romans des éditions So Romance
disponibles en format papier et numérique.

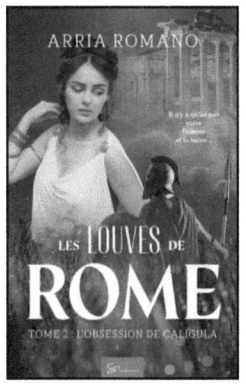

Les Louves de Rome
Tome 2 : L'obsession de Caligula
En novembre de l'an 37 après JC, Antioche est frappée par un séisme violent, causant la mort de nombreux habitants. Laelia et sa fille sont portées disparues. Kaeso, resté à Rome auprès du nouvel empereur, a le cœur brisé. Ce serait un miracle qu'elles aient survécu... Caligula, qui se montre de plus en plus cruel, est persuadé que la belle patricienne est vivante et qu'il finira par l'épouser, comme le lui avait annoncé la prophétie des années auparavant... Quel sera le destin de Laelia ?

À l'ombre de nos frères
Tome 1 : Apparences trompeuses
Louise travaille depuis chez elle. Pour arrondir ses fins de mois et garder son appartement, elle répond au téléphone rose. Jonas, chanteur d'un groupe de rock, a tout plaqué depuis qu'il a perdu un être cher. L'homme à femmes reste prostré dans son appartement, ne chante plus, ne touche plus à sa guitare jusqu'à ce qu'il compose un numéro de téléphone rose.
Ces deux êtres que tout sépare vont, sans le savoir, s'apprécier au bout du fil et se détester dans la vraie vie.

Passion d'été
Tome 1 : Les prémices de l'amour
Plus que deux mois avant de commencer ses études d'infirmière ! Laurène est plus motivée que jamais pour profiter de son été tout en gagnant de l'argent. Une occasion inespérée se présente à elle : la foire près de chez elle recrute ! Dès son premier jour, elle y fera la rencontre de Mathias, jeune forain qui semble bizarrement la prendre en grippe... Pourtant, elle se sent irrémédiablement attirée par lui. Mais les traditions des forains sont différentes des siennes, Laurène s'en rendra vite compte.

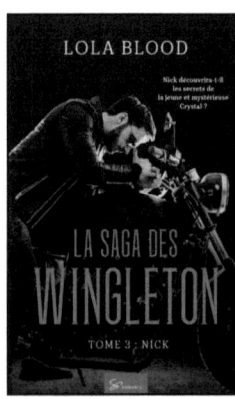

La Saga des Wingleton
Tome 3 : Nick
D'apparence fragile et naïve, Crystal surprend rapidement les habitués du bar de Nick avec sa force de caractère et son besoin farouche d'indépendance. D'où vient-elle ? Pourquoi refuse-t-elle d'aborder son passé ? Quels dangers a-t-elle l'air de fuir ? Une chose est sûre, Nick est décidé à connaître le passé de la magnifique jeune femme. Au risque d'être entraîné dans des folles aventures...

Pour en savoir plus
www.soromance.com

Éditions So Romance
159 avenue de la Couronne
1050, Bruxelles

www.soromance.com

D/2020/14.771/46
ISBN : 9782390451907

Maquette de couverture : Philippe Dieu
Photo : © Blue Sky Image / Shutterstock